CONTOS GERMINADOS

Fabiana Corrêa

In Media Res

CONTOS
2021

Capa: In Media Res Editora
Foto de capa: Gabriel Monnerat
Diagramação: In Media Res Editora
Revisão: Ana Beatriz Manier

Dados Internacionais de Catalogação na Publicação (CIP)
(Câmara Brasileira do Livro, SP, Brasil)

C824C
Corrêa, Fabiana
Contos germinados / Fabiana Corrêa - 1ª edição - Nova Friburgo – RJ. In Media Res, 2021

104 p.
ISBN: 978-65-990688-9-8

1.Contos 2. Contos contemporâneos. 3. Literatura brasileira contemporânea I. Título

CDD: 028-5

Educatoris Instituto de Educação Multidisciplinar Ltda
Rua Abdo Abi-Ramia, 81
28630-090- Nova Friburgo – RJ
www.inmediares.com.br

Para Sávio,
Gabriel e
Marina

Todo mundo deve inventar alguma coisa. (...)
Vivam a imaginação, pois ela é a nossa realidade
mais profunda.

[Nise da Silveira]

Índice

Quero dizer que escrevemos na escuridão, sem
mapas, sem bússola,
sem sinais reconhecíveis do caminho.

Escrever é flutuar no vazio.

[Rosa Montero]

Um dedo de prosa

Prefácio

Dialogar com a própria obra escrita não é tarefa das mais fáceis. Há, ainda, o risco latente de conduzir o leitor para fora do seu caminho de leitura, arriscando explicar o que não é para ser explicado. Aqui, alinhavo contos que não contam de mim ou de qualquer pessoa em particular, mas ecoam reflexos de vidas múltiplas, não sendo, portanto, lineares ou exatos. E como a vida tem sempre um quê de escuridão com a qual precisamos aprender a lidar, trago doses de imaginação fantástica temperando a escrita e libertando a leitura.

Com o intuito de apresentar os contos que aqui germinam, vamos tecer uma conversa, se não ao pé do ouvido, pelo menos linha a linha.

Não posso negar ou camuflar a influência e o diálogo do que escrevo com o que leio. A fantasia que tempera a realidade de minhas personagens pode ser encontrada nos caminhos da literatura latino-americana, onde me nutro do realismo fantástico de Cortàzar e Márquez. A Literatura Infantil e a oralidade da contação de histórias também não se distanciam dos textos aqui desfiados. A moça que ficou toda travada, dobrada e suspensa, depois de dar tantas cambalhotas para dentro de si, tem parentesco com a Fada Afilhada, de Márcio Vassallo. Mirtes também tem parente famosa, a Corali, de Eliane Ganem. Quem nunca se sentiu como elas – a fada, a moça, a menina – não atire pedra alguma, por favor. Também germinou, nessas páginas, um apólogo, não de linha e agulha, mas de agulha e clarinete. E nele, devo confessar, a boa dose de fantasia baseou-se em fatos reais.

Algumas histórias, como as de Maralinda e Ubaldo, acordaram de escutas pela vida. Uma doceira que tinha uma chefe de tabuleiros e uma viagem de ônibus invadida pela tagarelice de uma mulher sobre o marido foram o substrato para que esses contos brotassem. Já a Clarinha veio de um ditado popular: vão-se os anéis, ficam-se os dedos. Mas, e quando o que a gente quer é ficar não apenas com os dedos, mas também com os anéis?

Alguns contos germinam de desejos, como a mulher que queria ser árvore, a menina que acordou montanha ou aquela que nasceu às avessas. Você precisará percorrer esses campos para colher a história delas e chegar às suas próprias conclusões. Ou talvez – o que pode ser mais divertido – chegar à conclusão nenhuma.

Já uma mulher invernada e outra distraída, podem, quem sabe, nos fazer acordar. Outros contos brotam de memórias inventadas, como a anciã que perde o equilíbrio pelo desuso de seu tear, ou a foto guardada em um livro qualquer. Já a minha relação com a terra, e a Terra, são o substrato para alguns contos, como o do ancião que percebe a descida do céu ou a montanha grávida do próprio Planeta.

Escrevo porque não sei fazer diferente com as muitas vozes e histórias que povoam meu imaginário. Algumas dão sustos, como Marco Zero, um conto distópico recuperado de uma antiga escrita e que, por força dos tempos desafiadores que vivemos, convidou-se para esse livro. Outras provocam a escuta sábia do silêncio e germinam.

A quem procurar nas histórias o registro de gente vivente entre as personagens, só repito o alerta de Nabokov: "qualificar um relato de história verídica, é um insulto à arte e à verdade." Por aqui, todas as personagens são reais e fantásticas. Então permita-se transcender dos ruídos da escrita do escritor e viaje em sua própria leitura.

1. Tempo de dispensa

A moça tinha uma técnica quase falível, em três tempos: tombava a cabeça, de leve, para a direita, dava um passo para trás e uma cambalhota para dentro de si. Dependendo da situação, ao ritual acrescentava três profundos movimentos respiratórios acompanhados por duas deglutições secas. Tudo selado com o silêncio do olhar desencantado. O tempo de toda a técnica era muito variável, podendo ser de meio nanosegundo a três décadas completas. Ela mesma admitia em seu íntimo que havia muitas deglutições incompletas, presas em gavinhas, a uma memória rançosa e rascante. Existiam pilhas dessa incompletude ameaçando serem regurgitadas.

Frente a iminentes ameaças, ela aprimorava as cambalhotas, podendo até inverter ordens de deglutição. Tornara-se a maior perita de todas as galáxias nesse quesito. Desconfiava que nenhuma criatura do universo, conhecido ou imaginado, pudesse superá-la na perícia única das cambalhotas internas.

Mas um dia – aquele que sempre se sabe que há de chegar – no momento crítico da cambalhota interna, entre o passo para trás e a primeira respiração profunda, ela perdeu o compasso giratório da cambalhota. E ficou travada, dobrada, suspensa em um tempo qualquer. E a cada vez em que insistia em destravar-se, redobrava-se mais ainda sobre si, comprimindo todas as deglutições incompletas e rançosas. Estas, por sua vez, pressionadas e oprimidas no instante corrompido do movimento incompleto, rebelaram-se e libertaram-se em regurgitações descontroladas.

A cada ato involuntário de regurgitar, de lá saiam noites vazias, livros incompletos, comidas sem temperos, camas desfeitas, conversas interrompidas, rios não navegados, montanhas instransponíveis, sandálias de tiras descoladas, brincos sem tarraxas, relógios sem corda, vidros vazios de perfume, roupas descoloridas, cacos de vidro e bolos solados.

Nesse dia, não houve tempo de respiração alguma. O silêncio não chegou nem mesmo no adiantado da madrugada que era empurrada pela aurora desperta. E enquanto todos os regurgitados se espelhavam em franca cacofonia pela casa, ela ainda não conseguia se desfazer da dobradura da cambalhota incompleta. Os músculos anunciaram cãibras antes do café da manhã, mas as regurgitações não cessaram. Continuaram a sair anões com pijamas de bolinhas, dois aros quebrados de bicicleta, uma boneca de cabelo cortado e o gato desaparecido da vizinha. Saiu até coisa que nem sabia existir.

Ela continuou regurgitando por seis dias, cinco noites, sob respingos de chuva, raios de sol e brilhos de lua. Regurgitou até ficar vazia. Só então começou a desdobrar braços, pernas, abdômen e pescoço. Aprumou o corpo e alinhou a visão com o horizonte. Completou três longas e profundas respirações e as duas deglutições secas de sempre. Silenciou. Desencantou em passos lentos, arrumou a escrivaninha e voltou a escrever sobre um tempo em que as cambalhotas internas eram dispensáveis.

2.Maralinda

Maralinda cresceu em cidade pequena, sem se dar conta dos ponteiros que giravam em relógio qualquer. A cada manhã, acordava para mais um dia sem memória da véspera. O seu sorriso era sempre novo, sempre fresco, sem preocupação em escolher o que vestiria. Poderia ser um dos dois vestidos de algodão ou a saia com uma das três camisetas que sobraram da última campanha eleitoreira. Para os pés, o mesmo par de sandalinhas de tira, daquelas que ganhava nova a cada aniversário.

Quando chegava à cozinha, a mãe já estava de pé lhe apressando para o lanche rápido. Uma banana, um pão dormido, um biscoito esfarelado ou uma rosca empedrada. Mal dava tempo de terminar o copo com aquela água morna, tingida da borra reaproveitada do café. Antes de largar o copo na pia, já ouvia a mãe no portão, e só então o dia começava.

Mãe e filha rodavam a cidade, passavam por todas as ruas, subiam por uma ladeira e desciam por outra. Às vezes, um morador conseguia pará-las para um bolo, para um café pretinho ou até mesmo para um prato de comida que a mãe só aceitava contra a vontade, quando Maralinda era arrastada pra dentro da casa do ofertante. Mas comiam de pé, próximas à porta, para encurtar a distância e o tempo de reencontrar a rua.

Nos dias mais frescos, a mãe se aninava e andava para além dos arredores da cidade, onde só se via pasto e roçado de milho. Mas mesmo nesses dias, sem relógio amarrando o tempo, mãe e filha chegavam em casa a tempo de ouvir o sino da igreja bater por seis vezes, e o alto falante lembrar:

– O Anjo do Senhor anunciou a Maria. E Ela concebeu do Espírito Santo.

Ave Maria...

Em casa, a mãe comia os farelos do café da manhã, tomava um banho assustado e ia dormir, pra descansar seu pouco corpo no colchão de capim, herança de outras casas.

Maralinda, com as horas vazias todas para ela, trocava a água da vasilha do cachorro errante que a visitava todas as noites, lavava as roupas usadas no dia e as sandálias dela e da mãe. Sentava na varanda dos fundos pra decorar as estrelas do céu, antes de apagá-las no sono. Às vezes, nessa hora, dividia com o cachorro algum agrado que o irmão deixava na mesa da cozinha quando passava por lá à tarde, no intervalo entre seus dois trabalhos.

Aos domingos, a mãe guardava o dia. Não saía de casa, nem da cama. Tecia rosários enquanto Maralinda, na varanda, contava o tempo areando as panelas desusadas. Nelas, via muitas maralindas que viviam vidas de desconhecidas ocupações. O irmão sempre chegava com o almoço trazido da única pensão da cidade, na hora em que o sol pouco sombreia. Maralinda arrumava os três pratos, e a família comia no quarto da mãe, respeitando seu divino descanso. Até um domingo qualquer em que, além de trazer um bombom pra cada um, o irmão desembrulhou outra novidade: ia se casar, e com uma moça de fora.

– Vamos morar na terra dela. Coisa de três horas de ônibus daqui. Não poderei vir todo domingo, mas virei um sábado sim e dois talvez.

– E ela é moça bonita, mano? Tem trança com laço de fita?

– Não tão linda como você, sem trança e sem fita, mas linda como a noite e um sorriso de lua crescente.

Naquela noite, Maralinda procurou no céu o sorriso da noiva do irmão.

Antes da mudança e casamento, ele conversou sério com ela: era preciso arrumar um trabalho.

– Mas eu já trabalho, mano. Cuido da mãe, passo no passo.

– Mas você precisa ter uma vida com próprio compasso.

– Não posso trabalhar em loja, porque não sei desembrulhar e nem dar troco. Não posso trabalhar com o jornaleiro, porque só leio figurinha.

– Você vai ajudar a cidade a ficar mais limpa, então, vai varrer cada cantinho das ruas.

E o sorriso de Maralinda se abriu. Ela e a vassoura se entendiam muito bem, como arroz e feijão. E varrendo rua, poderia continuar acompanhando os passos da mãe.

Mas passado um mês no novo serviço, o arroz com feijão da Maralinda logo azedou. Ela não conseguia varrer bem os cantinhos da rua, porque sua vassoura não era boa para acompanhar os passos ligeiros da mãe. Os cantinhos foram então acumulando sujeira, que a chuva levou pro bueiro, e fez a rua alagar. Maralinda perdeu o emprego e a vassoura.

A cada sábado de visita, o irmão arrumava um novo emprego para Maralinda, mas nenhum deles combinava com as andanças da mãe e, por mais que todos gostassem da moça, ela era dispensada, antes da próxima vinda do mano.

Um dia a mãe acordou descompassada. Ficou no quarto, deitada na cama, mesmo não sendo domingo. Maralinda mandou chamar o irmão, que chegou em tempo de ouvir a mãe falar:

– Meus filhos, a mãe já não tem mais passos para andar por essas ruas. Gastou todos. Minhas pernas adormeceram e tá na hora de eu ir dormir com elas. Agora... é com Deus e com vocês.

E assim foi. O irmão voltou pra sua rotina, só vindo de visita em sábado festivo. O filho do seu Juvenal pediu para o pai empregar Maralinda na padaria. Já fazia tempo que ele se enamorara de suas panelas brilhantes e vazias, espiadas de longe, quando levava um pacote de rosca para ela. Maralinda transformou cada um dos tabuleiros em espelhos grandes e reluzentes onde o seu reflexo encontrava o do filho de seu Juvenal. Não tardaram a casar.

Maralinda virou chef dos tabuleiros, e o marido, chef do balcão. Seu Juvenal fazia as contas do caixa, e a mulher cuidava das receitas na cozinha. Os dois juntos amavam o filho e nora, que se reencontravam no brilho do tabuleiro a cada novo dia.

O que aconteceu depois, eu já não sei. Mas passe lá na padaria do seu Juvenal. Peça um café e um dedo de prosa, que ele mesmo te conta.

3. Os anéis de Clarinha

Clarinha tinha tantos anéis que não cabiam todos em seus dedos. Mesmo que os usasse nas mãos e nos pés, era preciso um sistema de rodízio entre os dias da semana. Os que não estavam em uso repousavam nas dezenas de caixinhas espalhadas pela casa. Os amigos não tinham dificuldade para presenteá-la: enquanto alguns lhe davam anéis, outros lhe davam caixinhas para guardá-los.

Seu trabalho era de falas e palavras, que só saíam de sua boca com o ritmo dado pelos anéis que enfeitavam os seus dedos. Atendimento em repartição pública, cargo de prestígio e concurso. Para as palavras pesadas, anéis grandes e robustos. Para palavras suaves, os delicados, leves e mimosos. Para dias frios, anéis quentes. Para dias abafados, anéis refrescantes. Para dias nublados, anéis iluminados. Para os dias ensolarados, anéis reluzentes.

Clarinha só conseguia falar se os dedos estivessem bem anelados. Nem o bom-dia saía se os dedos estivessem pelados. A palavra engasgava na garganta e só jorrava se os anéis começassem a tilintar uns nos outros.

No trabalho, nem sempre os anéis causavam apreço.

– Muitos anéis tiram o foco – diziam alguns.

– Tantos anéis... isso é puro exagero – murmuravam outros.

– A louca dos anéis – diagnosticavam alguns.

Na família, os anéis preocupavam:

– Tantos anéis assim custam muito dinheiro – dizia o marido.

– Anéis em demasia podem causar artrose! – praguejava a tia.

– Ai, mãe! Esses anéis arranham! – reclamava o filho.

Um dia, cansada de tanta reclamação, Clarinha comprou caixinhas novas para deixar mais anéis guardados. O marido e o filho, satisfeitos com a ideia, lhe deram também cestas coloridas para deixar os anéis descansando, não só enquanto ela trabalhava fora, mas como dentro de casa.

Os seus dedos, acostumados a tantos anéis, estranharam a nova vida livre e começaram a ficar flácidos sem a armadura dos diferentes metais. Para se entender com dedos tão desarticulados, precisava de mais energia e concentração. O esforço, no entanto, era tão desgastante, que Clarinha não conseguia falar e se concentrar em uma tarefa ao mesmo tempo, e assim as palavras também começaram a ser guardadas nas caixinhas ou deixadas em descanso nas cestas coloridas. As mãos foram endurecendo ao mesmo tempo em que o bom-dia foi se apagando.

A rotina de Clarinha alterou-se como uma ampulheta sacudida. Passou a acordar mais tarde porque não precisava mais de tanto tempo para escolher e combinar os anéis, mas se atrasava para o trabalho porque se atrapalhava na catraca do metrô. Passou a se deitar mais cedo e encontrar o sono mais tarde. Quando as madrugadas não eram de dedos insones, sonhava com pilhas de anéis coloridos, brilhantes, assimétricos e convidativos. Acordava com as palavras gritando num precipício, mas nenhuma saía da goela. Olhava os dedos pelados, as caixinhas fechadas, as cestas lotadas e levantava para fazer o café aguado, nem frio nem quente.

Nos dias de muita chuva, passou a ficar em casa com medo de enxurrada. Nos dias de muito sol, não saía sem boné, capa e guarda-chuva, para não ser surpreendida por uma tempestade imprevisível.

No trabalho, sem serventia pra conversa, foi afastada das funções de fala.

– A partir de amanhã, a senhora irá trabalhar no arquivo – sentenciou o chefe.

– Os papéis não lhe exigirão resposta – amenizou a colega.

Em casa, era preciso encher muitos blocos de anotações com todas as combinações, horários, regras e acordos necessários. Muitas canetas se espalharam pela casa para laçar cada palavra não dita.

– Não precisa escrever tão explicado – dizia o marido.

– Não tenho tempo para ler tudo isso – reclamava o filho.

Um dia, anos depois, Clarinha chegou ao trabalho, encontrou o arquivo fechado e todos os documentos digitalizados.

– Sua aposentadoria a espera no departamento de pessoal – resmungou o chefe, sem nem olhar direito para ela.

– Agora você pode aproveitar a vida – celebrou a colega.

Ao chegar em casa, Clarinha sentou no sofá e esperou pelo marido que não voltaria. Quis ligar para o filho que fazia intercâmbio em outro continente, mas lembrou que estava muda. Como pudera esquecer tal desatino?

No apartamento espaçoso, cheio do silêncio das falas, ouviu os antigos anéis chacoalharem nas caixinhas. No início, era um barulhinho fraco, como se fosse um ratinho assustado. Resistiu. O barulho foi crescendo, crescendo, crescendo... Até que explodiu como bateria de escola de samba. Impossível não ouvir. Impossível resistir.

Os dedos então se descontrolaram e arrastaram sua carcaça pela casa. Em cada canto uma caixinha: em cada uma, muitos anéis que pularam em seus dedos com vontade própria. Eram tantos os anéis cansados do descanso, que voltaram a lhe faltar dedos, e Clarinha passou a ganhar montes de tempo combinando e recombinando todos eles. Cada anel escolhido fazia cosquinhas na sua garganta até que as palavras voltaram a escorregar no tobogã da língua.

Aos poucos, voltou o rodízio dos anéis que Clarinha levava para passear todos os dias e, com ele, sua fala. Na saída, não esquecia o bom-dia do porteiro, assim como, na volta, trazia flores para a mulher do zelador. Na rua, Clarinha conversava com todos, gente, gato e cachorro. Em casa, cantarolava ao fazer o chá e debatia com a repórter da TV. Até o sabiá que pousava na janela lhe dava uma prosa.

Mas acontece que as palavras, embaralhadas com os anéis, ainda faziam muito barulho, e isso lhe tirava o sono. Depois de uma conversa franca com si mesma, Clarinha decidiu levar as palavras para passear também, mesmo que fosse preciso uma ideia muito batuta para esse passeio. Afinal, eram muitas palavras cansadas de tanto descanso.

Determinada, ela falou por dias e noites. Telefonou para amigos distantes. Leu livros em voz alta, recortou revistas, escreveu pelas paredes. Mas os anéis não silenciavam.

A solução apareceu quando ela menos esperava, colada no poste da esquina da padaria. Ligou logo para o número, combinou a entrevista e partiu de imediato.

Depois de um ano de estudo, ensaios, maquiagens e costuras, Clarinha saiu em turnê pelo estado com a trupe da escola de teatro. Na bagagem, não faltou um baú cheio de anéis barulhentos.

4. Mirtes

Mirtes era uma moça tão magra que o estrado de sua cama era feito de apenas três ripas finas, onde se acomodava sem faltar espaço. Qualquer roupa, mesmo a mais estreita, voava ao redor de sua sombra e, na falta de enchimento no corpo, sua coluna fazia uma curva insistente para frente, encolhendo sua altura. Como se isso não bastasse, Mirtes era dona de um buraco que transbordava do átrio e fazia de seu coração uma cratera escura e funda, tão pesada quanto o elefante que morava lá dentro.

Mirtes passava o dia com os lábios travados e as bochechas paralisadas, impedindo que dali brotasse qualquer sorriso. Quando, à noite, fechava os olhos antes de dormir, pensava no coração esburacado e no elefante inquilino que lhe travava a face. Assim, dormia como passava o dia, com um peso no peito, sem sorrir e sem sonhar.

Os amigos contavam muitas histórias divertidas para que ela pudesse sorrir. Mas não adiantava. Os vizinhos lhe chamavam para passear no clube, na praça, na praia, mas em nada Mirtes achava graça. A família também se esforçava:

– Minha vizinha disse que esse chá ajuda a liberar o riso – dizia a tia Laura.

– Venha cá que vou lhe fazer cosquinhas – chamava o vovô Jairo.

– Trouxe uma caixa de bombons de Buenos Aires para você – adoçava o tio Rubens.

Mas o buraco com o elefante continuava lá, e o riso não vinha.

Depois de tantas tentativas, a família e os amigos se reuniram na varanda da casa de Mirtes, para discutir o que ainda se podia fazer. Com muito falatório, e depois de várias xícaras de chá e de travessas de bolinhos que logo ficavam tão vazias quanto o coração de Mirtes, eles não chegaram à conclusão alguma. E Mirtes não pode ajudar porque, apesar de gostar de todos ali, o buraco no coração não sumia, mesmo com tanto carinho.

E foi bem nessa hora, quando o desânimo começou a crescer que Juca, o menino que morava na esquina, resolveu dar um palpite.

– Hoje eu ouvi a conversa de duas moças na fila do mercado. Elas disseram que a melhor cozinheira do mundo está de passagem pela cidade, e que ela é tão boa que seus doces fazem até uma estátua sorrir.

– Esse menino está sempre escutando conversa de adulto – disse o pai de Mirtes – mas dessa vez, quem sabe, não vale a pena?

– Isso! Quem sabe um doce que faz uma estátua sorrir, não pode destravar o sorriso da minha filha também? – esperançou a mãe de Mirtes.

Assim resolvido, sem muita demora, a família mandou chamar a melhor cozinheira do mundo de passagem pela cidade. A mulher, de bochechas sempre rosadas e com dentes muito brancos, fazia o melhor macarrão do mundo e os mais variados molhos. E não havia doce no universo mais gostoso do que os dela.

Como a família era enorme e os amigos, muitos, os pais de Mirtes arrumaram uma mesa bem grande no quintal para o banquete que viria. Todos se fartaram com a comida e Mirtes, mesmo achando tudo muito gostoso, viu que o vazio do coração continuava lá. Antes de servirem os doces, porém, enquanto a conversa seguia animada, Mirtes se foi até a cozinha e ficou pasma ao ver que a cozinheira tinha um avental tão farto que daria para fazer uns quatro vestidos para ela. Largando panela e colher de pau, a cozinheira bochechuda apressou-se na direção de Mirtes e lhe deu um abraço tão apertado que muitos clics e clacs foram ouvidos em sua coluna encurvada. Mirtes achou engraçado ser quase afogada pelos braços fofos daquela mulher que nem conhecia, e quando se soltou do abraço, algo estranho aconteceu: um quase sorriso surgiu em seu rosto.

– Uma moça tão linda visitando minha cozinha merece o melhor doce que existe!

Assim, muito ligeira, a dona do avental tratou de enfiar na boca da visitante um docinho cor de limão, daqueles que desmancham em contato com a língua.

– Hummmm... Mas que doce bom! Como a senhora faz?

– É uma receita "quase" secreta da minha tia avó, mas eu vou te contar os detalhes. Vem cá comigo, vamos sentar ali que eu te mostro como faz – disse a cozinheira, com uma piscada, enquanto levava Mirtes até uma mesa, bem no cantinho da cozinha, com uma bandeja colorida por muitos docinhos.

As duas desenrolaram uma conversa como se fossem conhecidas as fraldas e, enquanto uma explicava receitas e contava histórias, outra falava de corações esburacados, e elefantes que pesavam no peito. A cozinheira achou tanta graça do elefante de Mirtes que quase caiu da cadeira de tanto rir.

Mirtes, assustada, começou a se levantar para voltar pro quintal, mas a cozinheira não deixou e tratou de contar logo a sua história.

– Mocinha, no meu coração não mora um elefante, mas um ratinho pequenininho que me rói tudo por dentro e me deixa mais esburacada do que queijo suíço dos bons. O barulho do rato no meu coração atrapalha até os pensamentos dentro da minha cabeça.

– Mas e eu, tão pequena, tão magrinha, com um elefante no peito?! Por que a senhora tão grande, tem só um ratinho no coração?

Mirtes achou engraçada a pergunta e tão mais engraçada ainda a risada da cozinheira, que aí não teve jeito: desatou num riso farto, gargalhou e engasgou. Entre uma risada e outra, comia mais um docinho e ouvia as histórias da outra que, para não escutar o rato, resolveu fazer o que melhor sabia: cozinhar com muitas panelas, fazendo um barulho mais alto do que o que ouvia de dentro.

– E esse monte de comida preenche o buraco roído pelo rato?

– Que nada, menina! Mas cozinhar me mantém ocupada, sem pensar nem em buraco, nem em rato. E assim eu vou vivendo entre as panelas e o danado.

Com essa história em mente, Mirtes começou a pensar em que acordo poderia fazer com seu elefante inquilino para que ele sentasse em um banquinho no fundo do buraco e parasse de pisar tão forte no seu coração.

O que pode ser tão bom quanto cozinhar?, pensou, sem parar.

Enquanto o banquete continuava no quintal, e vez ou outra alguém chegava à porta da cozinha para ver o que acontecia ali, as duas novas amigas conversavam sobre receitas e roídos. E Mirtes, que não entendia nada de cozinha, nem sabia diferenciar tomilho de cominho, pensou em escrever as histórias, para que o tempo não as levasse, e assim pudesse, ela mesma, repeti-las.

E foi então que Mirtes descobriu que se a cozinheira podia fazer barulho com as panelas para não ouvir o rato, ela podia fazer barulho com suas histórias para que o elefante em seu coração ficasse muito mais leve enquanto a escutasse contar cada uma delas.

5.Belisa

Belisa nasceu às avessas. Ainda guardada no conforto materno, sua mãe sonhava chamá-la Isabel. Mas ao vê-la rompendo a vida com a alma envolvendo o corpo, e não o contrário, a mãe, desfazendo-se de alegrias e mortas fantasias, chamou-a Belisa. O desalento trancou mãe e filha no quarto mais escuro da casa da chácara mais distante. Poucos foram os amigos a visitar. Muitos foram os curiosos em espiadeiras visitas, logo despachados pela zelosa Donana, companheira de mãe e filha.

Belisa crescia por dentro como qualquer bebê: perninhas balançantes, bracinhos amorosos, dedinhos curiosos e olhinhos bem vivos. Todos envoltos na teia tênue da alma externada. A mãe a via crescer tendo os olhos embaçados pela chuva que lhe brotava no coração, mas não lhe descuidava tempo algum. Donana recorria às suas ervas e rezas para acalentar uma e acolher a outra. Aos poucos, a mãe as libertara do confinamento do quarto, mantendo o abrigo da chácara. Não havia o que trouxesse interesse na cidade mais próxima.

Assim passaram-se muitos aniversários de Belisa, sempre festejados por Donana e agradecidos pela mãe. O trio vivia entre árvores e aves que cantavam, enfeitavam e alimentavam. Donana zelava, ainda, pela horta que nutria o corpo e curava tantas dores, físicas ou não. E foi aí, entre verduras e aromas que ela percebeu que a alminha de Belisa mudava de cor. Achou que era um engano de sua visão desgastada e guardou a descoberta para confirmação oportuna.

Seguiu atenta, confirmando que a alminha de Belisa era mais colorida do que arco-íris. Tinha cores da horta, outras do jardim, cores de aurora, de luar e de chuva. Tinha cores de ouvir histórias e cores de perguntas curiosas. Como a mãe nada dizia, Donana continuava a segredar as cores.

No aniversário de dez anos de Belisa, comemorado com um piquenique à sombra da sapucaia florida, a alminha, já crescida, ficou resplandecente como a copa rosa da árvore.

– Donana, não consigo ver onde termina o rosa da minha filha e começa o da árvore. As duas parecem uma só.

E foi assim que Donana ficou sabendo que a mãe também segredava as cores de Belisa. As duas passaram, então, a anotar em um caderno na cozinha todos os coloridos da menina.

Para o aniversário de vinte anos, Donana preparou um canteiro de girassóis, na esperança de que Belisa brilhasse mais do que o próprio Sol. E em mais uma comemoração sem o aprisionamento das paredes, a alma de Belisa se fez solar. Ela foi tão intensa, que seu brilho luminoso foi avistado em todos os cantos da cidade.

Preocupados ou curiosos com o que poderia ocorrer às duas mulheres e à menina que viviam na chácara, alguns vizinhos, aproveitando-se de desculpada e oportuna visita de felicitações à aniversariante, atreveram-se a descobrir o que ali acontecia. Encontrando Belisa já recolhida, não viram nada possível de irradiar o brilho avistado. Donana e a mãe, oferecendo café e fatia de bolo, disseram nada terem visto de estranho no céu da chácara ou da cidade. A partir de então, porém, além de segredarem cores e comparações, redobraram a atenção com os possíveis brilhos, deixando os girassóis para dias ensolarados, nos quais o brilho poderia ser explicado. Em dias nublados, que Belisa brilhasse rosado e em casa, sem preocupação.

Donana ensinou todos os cuidados com a horta, as árvores e as aves para a menina, que tudo aprendeu acordando o que já sabia, de um lugar não explicado. Não tardou para que ela antecipasse à Donana as mudanças no tempo e a avisasse qual colheita seria atrasada ou antecipada. E foi também Belisa que contou à mãe que Donana não chegaria a ver a nova floração no canteiro de girassóis. Assim como também soube quando passaria a viver sozinha na chácara, e o que a fez aproveitar todo o tempo sabido para alimentar a mãe de colorida alegria.

No dia em que a mãe se foi, Belisa achou a casa imensa e o quintal, um mundo inteiro ainda a ser explorado. Sentada sob o alpendre da cozinha, tentou imaginar como seria a vida a partir de então. Como nada viu do que poderia vir, com o olhar só no presente, levantou-se e foi preparar um chá.

6. A manca

Quando o tear quebrava, ela mancava. Era o ritmo que lhe faltava, como o compasso engolido de uma valsa qualquer. Era raro acontecer, pois cuidava mais do tear do que dos cabelos que cresciam em franca revolução e tardio embranquecimento, mas acontecia. Urdir era seu ofício desde sempre. Desde que começou a engatinhar, assim contaram os pais, seguia para o tear e acompanhava o ir e vir das fibras comandadas pela avó. Agora, com seus próprios netos e bisnetos, nem lembrava há quanto tempo o tear e ela eram um só.

O filho mais velho, tão habilidoso quanto fora o pai, apressou-se para consertá-lo. Trocou peças, lubrificou engrenagens, ajustou novos fios. Mas o tear continuou imóvel e ela, manca, arrastando os ossos pela casa.

A neta engenheira foi chamada às pressas. Era urgente o conserto, pois ela não podia continuar a mancar, comprometendo todo o seu equilíbrio. A moça trabalhou por uma semana inteira e ao final, depois de muita broa e café moído na hora, o tear continuava calado. E ela, manca.

A família se reuniu em conferência e decidiu buscar o melhor técnico que já se tinha ouvido falar. Era um homem quase centenário, já aposentado e vivendo no sertão distante. Um dos netos ficou responsável por trazê-lo com conforto e segurança. Depois de sete dias de viagem, dois para ir e cinco para voltar, atento a todas as necessidades do ancião, o neto entrou confiante pela porta da sala, a tempo de ainda tomar da sopa que seria servida.

Depois da noite bem dormida, e alimentado, o melhor

técnico, sentou-se ao chão, pernas cruzadas e atento silêncio, de frente para o tear quebrado. Permaneceu assim até o almoço e, após breve pausa, voltou ao posto silencioso. Foram cinco dias de silêncio contínuo enquanto a tecelã, com os cabelos presos em um farto e alinhado coque grisalho, vagava pela casa com o manquejar que crescia na mesma medida que seu desalento. Ao final do quinto dia, o velho a levou pela mão até a banqueta do tear, e a sentença foi rápida:

– Acabou. Ele desistiu. Não há nada mais a fazer, a não ser lhe escutar o silêncio.

– E eu? Como fico? – perguntou em franco desespero.

– A lhe escutar o silêncio. Ele ouviu suas histórias por todo esse tempo. Agora, quer que lhe escute o silêncio. O tempo de tecer acabou, foi a última coisa que ele me disse. Chegada a hora de se aprender um novo fazer dentro do silêncio dele.

– E eu permaneço manca...? – perguntou a avó, ficando sem resposta.

O neto levou o técnico de volta ao sertão, e a família revezou-se para que ela não mancasse sozinha pela casa. Nos primeiros dias, com a família sempre em farto rebuliço, ela manquejou sem ouvir silêncio algum. Depois de uns dias, achou por bem se esforçar para não mancar a vista de todos até que, por fim, dando como certo seu renovado compasso, a família foi cuidar da própria vida, devolvendo-lhe a dela.

E foi assim que me contaram que ela e o tear aprenderam juntos a manquejar em silêncio. Um silêncio cheio de histórias de duas vidas inteiras.

7.Revelada

Guardo a fotografia na página cinquenta e um, no penúltimo livro da quarta prateleira da biblioteca, à esquerda da porta da entrada. Ninguém mexe lá nem para limpar. A fotografia está segura, não eu. Ela me acorda com o sorriso que quebra a dormência do tempo. Basta eu transpor a porta e ela me grita. Mesmo na casa silenciada pela noite, ela me chama de longe. Fecho os olhos, abafo os ouvidos e, ainda assim, ouço o seu sorriso.

Foi doloroso, mas faz tempo que a guardei, e ela nunca mais se fez sombra. Continua luz que terrifica a lembrança. Resisto por tempos para não buscá-la, mas seu chamado é insistente e acabo sucumbindo. Alcanço o livro, desmarco a página e ela está lá, sorrindo e me acordando para o avesso da memória.

O seu sorriso me conta que o reverso de mim é verso sem rima, métrica ou compasso. O olhar me arranha como pedra que não se faz seixo, como limo que resiste à seca. Sua moldura é espelho nublado de memória sem lastro. Ela não conta sobre quem fui. Grita o que não arrisquei ser.

A fotografia tem essa morada desde que me mudei para essa casa. Já faz tempo. Mais de meio século. A casa sofreu reformas, viu festas e tristezas, música e silêncios. Já foi partilhada com muitas vidas, mas hoje só minha solidão a preenche. A fotografia, porém, permaneceu no mesmo livro, na mesma prateleira, na mesma biblioteca.

Desejei por muito tempo que ela me levasse para outro sítio qualquer, e que, no final do percurso, esse lugar fosse todo em mim. Mas ela insiste em me levar por paragens que existiram fora do caminho que percorri, e que é todo sem minha presença. Não foi a fotografia que escolheu ser assim. Fui eu que escolhi não ser. Os passos que me levaram a essa casa foram dados por meus pés. Foram as minhas mãos que escolheram qual canteiro semear. Foi o meu conforto que determinou o tempo das portas não se abrirem para as cores do jardim.

A fotografia ainda me chama. Aquele sorriso ainda me acorda, e o tempo não consome a sua luz. Em meu silêncio, ela sopra lembranças de desejos embolorados de um tempo que só existe naquele sorriso. Quanto mais a sua luz grita, mais se cala o meu presente.

Eu insisto em resistir a ela, que permanece no livro. Mas eu sei onde ela está e alcanço a prateleira sem precisar de escada. Basta esticar a mão e a fotografia me acompanha no chá ou adormece em meu colo enquanto outro livro me conta sobre histórias que, apesar do esforço, não a apagam.

E o sorriso da fotografia sempre me acorda. O olhar que ela me lança não deixa dúvidas. Eu estou quebrada, mas revelada em muitas lascas. E não há cola para tanto tempo, tanto acaso. Nenhum espelho revelou os cacos que ela me mostra. Esse olhar, que vem de outro tempo, perdido lá na esquina, espreita o coração dormente pelo véu da lente. E sorri.

Então, eu sei que é hora de me levantar e seguir para o jardim.

8. Avelina

Avelina tinha certeza de que era árvore. Nasceu no corpo humano por descuido da natureza. Tinha essa certeza desde sempre, mesmo antes de conseguir chamar pela mãe ou pelo pai. Quando a árvore gigantesca do quintal balançava, e os galhos arranhavam a janela de seu quarto, Avelina sabia que era para chamá-la. Havia dias, quando ainda era um bebê, que seu choro não tinha trégua. A avó cantava cantigas, a tia preparava um chás de ervas, a mãe embalava seu corpinho, mas o choro persistia. Foi a madrinha quem descobriu que Avelina só recebia acalanto na sombra da árvore do quintal.

A madrinha não sabia explicar de onde lhe brotara a ideia de sair com a bebê para o refúgio da árvore. Porém, mais tarde, refletiu que toda vez que a angústia lhe apertava as vísceras, precisava libertar-se das paredes e recostar na árvore mais próxima. Assim, a madrinha começou a seguir esse ritual: todos os dias, pela manhã ou pela tarde, passava pela casa da comadre para se sentar à sombra da árvore com a afilhada.

A menina Avelina aprendeu desde cedo o caminho para seu refúgio. Mesmo que a madrinha não aparecesse dia ou outro, ela levava seus brinquedos, livros, tintas e pincеis, e pousava seu corpinho entre as raízes da árvore. Ali construía castelos, cultivava campos floridos, coloria um céu de borboletas. O tempo de Avelina com a árvore crescia a cada ano que passava. Por muitas vezes, a menina fazia o lanche da tarde ou tomava o café da manhã por ali mesmo. Aos domingos, o pai reclamava a presença da filha dentro de casa. A menina sorria, o atendia e emudecia quando a tela do televisor preenchia a retina do pai.

Anos depois, Avelina terminou os estudos e não quis ser professora como as amigas do colégio. O pai arrumou-lhe um emprego na biblioteca, mas ele durou apenas até o primeiro salário. Não que Avelina não gostasse dos livros, ou até mesmo de ensinar aos pequenos. O que ela não gostava era da clausura das paredes e muros. No breve tempo em que passou trabalhando na biblioteca, os livros se acumularam sobre o balcão enquanto Avelina perdia-se pelo jardim que lhe convidava pelas enormes janelas.

Em casa, ela tentou conciliar os deveres de moça prestativa com as tarefas domésticas, e com o desejo de ir para o quintal. Nesse tempo, deixou os canteiros mais frondosos. As árvores frutíferas estavam sempre carregadas, espalhando os perfumes mais inebriantes por todo quarteirão. Aquelas que não ofertavam frutos comestíveis, alternavam o verde abundante com flores de todos os matizes. Até o pequeno jardim em frente à casa se renovou, passando a ser um tapete colorido, convidativo a um suspiro antes de entrar em casa.

Só que, durante a noite, quando Avelina não tinha alternativa a não ser abrigar-se em seu quarto, a gigantesca árvore do quintal continuava arranhando os galhos no vidro de sua janela. Foram muitas noites em claro, dividida entre o sono e o chamado.

A madrinha ainda frequentava a casa da comadre e passava muitas horas com a afilhada, no quintal ou no jardim. As duas pouco falavam, mas sorriam sempre que uma nova semente brotava. O perfume e a luz que vinham da casa da família de Avelina começaram a atrair a vizinhança. Primeiro, chegaram os interessados em comprar as geleias que ela e a madrinha passaram a fazer com as frutas do quintal. Depois, chegaram as moças e os rapazes que queriam um ramalhete colorido para enfeitar suas paixões. Mais tarde, apareceu gente de todo tipo pedindo para Avelina cuidar de seu quintal ou pomar. E ela sempre ia.

Foi preciso criar uma rotina para que pudesse aceitar tantos convites e ainda manter o cuidado com seu próprio quintal e jardim. A moça passava muitas horas fora de casa – os domingos também –, mas o pai não reclamava mais a sua presença porque Avelina lhe comprara um televisor enorme, dos mais modernos, mesmo sem saber que ele deixava o aparelho desligado a maior parte do tempo, preferindo distrair-se com a janela enfeitada pelo jardim.

Ao fim do dia, porém, a noite chegava sem trégua, e em seu quarto Avelina continuava a ouvir os galhos da árvore gigantesca lhe arranhar o desejo. Em uma das noites insones, a moça arrastou cobertor e travesseiro para dormir ao abrigo da árvore, no quintal. Dormiu como nunca e por isso passou a repetir a dose diariamente. Os pais começaram a ficar preocupados com possíveis resfriados ou picadas de inseto, mas nada nesse sentido acontecia, e Avelina despertava mais resplandecente a cada manhã.

Os pais resolveram então construir uma cabana na árvore, como uma que tinham visto num programa no grande televisor da sala. Avelina mudou-se para a cabana e nunca mais teve insônia, choro, dor de cabeça ou de barriga. Mesmo quando o irmão se casou e passou a morar na antiga casa dos pais, ela continuou na cabana da árvore do quintal. Até hoje ela mora lá, mesmo que a neta do irmão, atual dona da casa, insista que ela ocupe seu antigo quarto. Aliás, essa moça, agora, ajuda a fazer as geleias que continuam a atrair compradores de todo canto.

Foi essa a história que me contaram sobre a senhora que mora na cabana da árvore. Ninguém sabe quantos anos ela tem. Alguns dizem ter uns noventa, outros dizem ter cento e vinte. Há os ousados que afirmam que ela está próxima dos cento e cinquenta. Não me importo com a idade dela. Afinal, quanto tempo vive uma árvore?

9. Distraída

Uma mulher distraída morava na esquina do tempo. A isso ela atribuía seu descompasso: quando chegava antes da hora, dizia que estava três passos adiante de sua esquina, se chegava atrasada, contava que dobrara a esquina errada. Para tudo se justificava, mas a verdade não importava porque ela, uma hora ou outra, sempre chegava. Entre amigos ou no trabalho, todos aceitavam o seu tempo, tendo como certa sua presença. Ela nunca perdera reunião de trabalho, hora de balancete mensal, reunião de condomínio, batizado ou casamento. Conseguia adivinhar até o desejo do cafezinho fresco do colega da mesa ao lado na repartição. Dizem que perdeu um encontro desamoroso ou outro, mas isso entra na conta do ganho, não da perda.

Na última festa de ex-alunos do quarto ano da Escola Municipal Laurentina Solaris, ela não apareceu. Nem sequer muito atrasada. Não mandou recado nem enviou o bolo de fubá combinado para o lanche da tarde. Alguns dias depois, encontrou Carola que, sem lhe perguntar se ia bem ou mal, quis logo saber do bolo faltoso:

– Queridinha, sentimos falta do seu bolinho de fubá em nosso encontro. Ainda bem que levei dois bolinhos de laranja e ninguém ficou com fominha.

– Bom ver você também, Carola – respondeu, e cada uma dobrou a esquina em uma direção diferente.

Tempos depois, a mulher distraída não apareceu no chá de caridade da capela de seu bairro e nem pediu para alguém entregar os gorros de lã que prometera tecer. No dia seguinte, encontrou dona Escolástica de saída da quitanda.

– Fofinha, pedirei para alguém buscar os gorros que teceu. Sentimos falta dele ontem.

– Bom dia, dona Escolástica! – respondeu, seguiu com suas compras para casa enquanto a outra foi em busca do sacro silêncio da capela.

Quando a primavera se instalou, a mulher distraída não chegou ao almoço da família, nem para aproveitar a sobremesa. Também não apareceu no aniversário do sobrinho e não buscou os docinhos na confeiteira, como havia lhe pedido a irmã. Foi só quando ela não buscou o cachorrinho da tia para o passeio semanal, mesmo passados três dias do combinado, que a família começou a se preocupar com as tarefas que ela não cumprira. No trabalho, sem o café fresco servido nas xícaras coloridas há uma semana, os colegas incomodavam-se com sua falta de companheirismo. A quem reclamava, ela suavizava:

– A cafeteira está ligada, é só abastecê-la.

– Mas não tem uma xícara limpa!

– Isso é simples: água e sabão na torneira.

– O pano para secar está imundo!

– Que tal tentar a toalha de papel?

Fartos de tanta displicência dela, família, amigos e colegas de trabalho marcaram uma reunião para resolverem a questão. Esperaram por mais de uma hora na Esquina do Tempo e irritaram-se com sua falta de cortesia em não parecer. Esbravejaram por sua falta de atenção. Segredaram conspirações para acabar com sua distração que deixava todos desamparados em suas necessidades mais básicas. E em meio a tantos desconsolos pessoais e transferíveis, ninguém a viu passar enfeitada em seu vestido floral novinho, rumando sem pressa para o parque da cidade.

Nos últimos tempos, essa era uma de suas ocupações

preferidas. Às vezes, também ia ao teatro, ao cinema ou à melhor confeitaria da cidade. Outras vezes, fazia simplesmente nada, e ficava sentada se aquecendo ao sol do entardecer. Mas era no parque, sentada no banco à sombra da espatódia, que ela menos se distraía com as pessoas e mais entendia o que lhe ditava o coração.

10. Autenticidade

Tirando os dias de chuva aos borbotões, o despertador era a sua piscina. Ela mergulhava de um lado e saía do outro. Mergulhava de novo e saía na escada. Apenas isso: um ir e vir molhado e repetido muitas vezes, que havia começado na infância, junto com suas crises asmáticas.

Ainda enrolada na toalha, tomava seu chá: bem gelado se a manhã estivesse fria e garoando, e bem quente, se o sol queimasse logo cedo.

– Não deveria ser o contrário? – perguntava um amigo desavisado.

– O contrário é tão óbvio! – respondia entre um gole e outro.

Essa era a única rotina que cabia em seus dias, ou melhor, nas primeiras horas da manhã. O restante seguia, sempre, povoado de surpresas. Para quem lhe perguntasse como dava conta da vida sem ter nada planejado, ela respondia:

– Rotina é boa pra relógio velho, que continua girando os ponteiros mesmo sem corda.

Muitos não entendiam como ela cumpria as tarefas da vida sem nada planejado. Mas ela conseguia e não deixava nada por fazer, nem fazia sem capricho. Tudo era bem feito, seguindo suas próprias escolhas e, às vezes, intuição. Ela tinha sua própria lógica, mesmo que parecesse ilógica para quem com ela convivesse. E se alguém se irritava com isso, ela é que não era.

Quando ia à biblioteca, nunca tomava o caminho mais curto, por mais ansiosa que estivesse para buscar novo livro. Seguia o trajeto mais longo, chegando a cruzar várias vezes a mesma rua. Assim, mesmo levando mais tempo do que qualquer outra pessoa no mesmo circuito, retornava para casa com contas pagas, frutas legumes e verduras para uma salada e com mais de um livro para a semana.

O pai angustiava-se por não saber o que esperar da filha.

– Fique tranquilo, ela é apenas um pouco excêntrica – confortava a mãe.

– Que bobagem! Não sou excêntrica, e sim, autêntica – gracejava ela.

Depois de muitos aniversários celebrados, as tias começaram a achar que, ocupada com tanta autenticidade, ela não encontraria nenhum companheiro animado em não planejar a vida em conjunto. E quando as suspeitas das tias começaram a fazer muito barulho na família, os pais resolveram indagar:

– Minha filha, será que você já encontrou alguém interessante no caminho da biblioteca?

– Ou, quem sabe, já viu algum rapaz simpático no mercado?

– Nunca reparei, ando sempre tão ocupada.

– Mas será que...

– Vocês querem saber se tenho algum pretendente a namorado?

– Quem bom que você entendeu. Estamos todos preocupados.

– Melhor seria dizer que estão todos curiosos, mas posso responder de qualquer modo.

E foi assim que ela contou nunca ter namorado, mas

manter, por longos anos, um caso de amor com o druida que morava no bosque além da cerca do quintal. Só não tinha certeza se o caso era de conhecimento dele, que andava sempre tão distraído entre cristais, ervas e poções. Também não sabia se ele fingia não saber ou se preferia duvidar de seu amor, enquanto compartilhavam horas catando gravetos, recolhendo pedregulhos e folhas secas, onde ela bordava seu capricho. Portanto, não era caso dos pais se preocuparem com seu coração.

Frente a essa epifania, o pai emudeceu.

– Não digo que ela é um pouco excêntrica, meu bem?

– Autêntica, mamãe. Autêntica.

11. Seu Antão

Seu Antão era o ancião da cidade. Uns tomavam-lhe a benção por respeito, outros, por acharem graça das histórias que variavam de suas ideias. Ele contava muita coisa séria rindo, e coisa engraçada, aos prantos. Era distração de seu Antão confundir ideias e sentimentos, instigando o entendimento das pessoas. Quando não passava por sua varanda gente que lhe desse prosa, ele tinha conversas afinadas com seu violino, tão centenário quanto o dono. Por perto, sempre ao alcance das mãos, ficava o cajado de pau-ferro, que lhe servia para muitos hábitos, como cutucar as pessoas, descobrir serpente entocada, derrubar fruta do pé ou afastar as nuvens que, às vezes, cansadas de ficarem dependuradas no céu, teimavam em cair. Seu Antão só não usava o cajado para apoiar os passos. Esses eram sempre firmes, por acordo firmado com a Terra, que lhe garantira não dar piruetas sem aviso prévio.

E era de sua varanda que o velho via a montanha ficar menor a cada dia, e o céu ficar mais baixo a cada entardecer. Como se isso não bastasse, o ar mais leve fugira para outras paragens, restando, naquele canto de mundo, só o ar petrificado que mal achava o rumo do pulmão da gente que morava por perto de seu Antão. E ele, que vinha vivendo muito de outros tempos, lembrava que nem sempre fora assim. Ainda menino, caminhava um dia inteiro, sem tropeços, até conseguir chegar ao cume da montanha, regressando muitas vezes só com as sombras do luar. Nessa época, a montanha tinha voz de passarinho cantando, assovio de vento e perfume de macela. O gosto era sempre de terra molhada, mesmo que as nuvens não descarregassem seus rios de tristeza sobre ela.

Já homem feito, casado e com família crescendo, a voz da montanha enrouqueceu. Seus filhos partiam cedo para junto dela e a ajudavam a rugir cada vez mais alto, enquanto ficava cada vez menor. Na cidade, todos ouviam os rugidos montanhosos em dias de sol ou de chuva, em noites de lua ou não. Não havia hora do dia ou da noite de silêncio ouvido. Era comum algum morador da cidade contar que continuava a ouvir a montanha rugir mesmo estando em um lugar bem distante. Até o japonês que cuidava da granja disse ouvir seu rugido quando foi visitar os parentes no Japão.

Quanto mais barulho, mais a montanha se encolhia. Seu Antão, já descansado da roça, perdia-se na varanda da casa, ao não ver mais a grande pedra da sua infância. E foi por isso, que de uns tempos para cá, o ancião percebeu que além da montanha diminuir, o céu estava ficando cada vez mais baixo. Muitos moradores já andavam curvados, certamente para não darem com a testa em uma nuvem ou outra, ou mesmo queimar a pestana no Sol.

Seu Antão falou sobre isso como dona Lita, a esposa. Falou com os filhos, com o médico, o prefeito e até com o padre. Mas todos eles, à exceção da companheira secular, acharam graça das ideias variadas que vinham do adiantado da vida do velho. Decidiram não contrariá-lo, nem tampouco alimentá-lo com duvidosas certezas. Acharam por bem deixar o ancião com imagens e visagens, divagando em sua varanda.

Mas ele não se aquietava. Quanto mais barulho, menos montanha, menos ar e menos alto o céu. Era cada vez mais fácil tocar as nuvens, mesmo sem ajuda do cajado: bastava sair do abrigo da varanda. Como na cidade não havia quem lhe desse ouvidos, seu Antão escreveu para um jornal da capital, contando das coisas da sua terra e, depois de dois dias, uma repórter chegou logo cedo, no ônibus das sete. A moça passou todo o dia com ancião. Anotou todas as suas certezas, viu foto de seus tempos de criança, com a enorme montanha ao fundo, fotografou-a diminuta e até registrou a voz do velho e da pedra no seu mais novo gravador. Partiu no final da tarde, com a ideia encantada e o peito pesado pelo ar que lhe faltava.

Naquela mesma semana, saiu publicada no jornal a história de seu Antão e a montanha que rugia e diminuía. Muitos acharam que era apenas excentricidade de homem centenário. Mas alguns curiosos começaram romaria à cidade da reportagem. Todos voltavam de lá cansados como a repórter, afogados pelo ar que lhes faltava. Alguns chegavam a tirar pequenas pedrinhas das narinas, que juravam ser lembranças do ar petrificado de lá.

Apesar dos visitantes, nada alterou o ritmo decrescente da montanha, e seu Antão começou achar que pouco faltava para que dela brotasse um grande buraco no chão. E o céu já estava tão baixo que dona Lita pegava pedrinhas na Lua e as colecionava na estante da sala. Os visitantes deixaram de aparecer no mesmo ritmo que a montanha. De certa forma, isso era bom porque não era necessário partilhar o pouco ar que ia restando na cidade. Os moradores, de fato, não se importavam tanto com o sumiço da montanha. Aliás, nem a conheceram como tal. Achavam que desde sempre ela fora um montinho de terra, pronto para ser carregado para fora, enquanto a vida do lugar se modernizava.

Mas apesar de toda as benesses trocadas pelos torrões da montanha encolhida, não havia dinheiro que desse conta de hospital e tratamento para tanto morador corcunda e com falta de ar. A situação foi ficando tão grave que os doentes tiveram que ser distribuídos pelas cidades vizinhas, e uma nova leva de curiosos chegava para estudar o fenômeno. Depois de pouco tempo e algumas festas ao pé do montinho de terra que ainda rugia, foram embora sem nada encontrar de anormal. Era apenas uma questão de fragilidade pulmonar e esquelética dos moradores de lá. Ninguém quis ouvir seu Antão, que calado em sua varanda, empurrava as nuvens que lá se espremiam com ele. Até para elas já faltava céu. E para colher as mangas no pé, ele nem precisava mais do cajado, porque as frutas maduras eram como as abóboras da horta, espalhadas por seus ramos na terra.

Sufocado com todo peso do céu, seu Antão resolveu tomar uma atitude. Despediu-se de dona Lita, entregou o seu cajado, que esperava ser útil novamente, e saiu do abrigo da varanda. Esticando os braços, o ancião tocou o céu e com um pouco de força, começou a empurrá-lo para cima. As nuvens e os pássaros, já nesse tempo todos encolhidos, animaram-se e começaram a ajudar seu Antão. Cada um empurrava um pouco, e o céu ia ficando cada vez mais alto. Mas era preciso subir mais e mais. O ancião não mediu esforços, e de um salto, deixou as sandálias na terra e continuou a subir o céu até não mais avistar a cidade. Trocou sua varanda por uma nuvem bem firme e de lá ficou a vigiar. O céu que não se metesse a descer sobre a cidade novamente. Já que a montanha não podia mais lhe segurar nas alturas, era seu Antão que o faria.

12. O palhaço desequilibrista

As noites de espetáculo eram as minhas preferidas. Além da entrada, o vô nos dava uma pipoca, um algodão doce e um pirulito de caramelo. Uma verdadeira fartura de doçura, sempre condenada pela mãe.

– Vai estragar as crianças, seu Nonô. É muito doce e muito paparico.

O avô não respondia, apenas sorria. Não sei se era ou se fingia de surdo, quando distribuía mais um pirulito para cada um.

Meu coração batia tão forte, que parecia que ia explodir e vazar pelos ouvidos. Os meus olhos não saíam da cortina colorida salteada de estrelas brilhantes, e os meus pés batiam insistentes no cercado do picadeiro. Sentar na primeira fila era luxo só possível quando o avô comprava as entradas.

As luzes apagavam, a música ficava mais forte e o mestre de cerimônias dava a largada:

– Respeitável público!

Agora o mundo podia acabar lá fora, mas dentro daquela tenda colorida cabia toda a minha felicidade no desfile de bailarinas, trapezistas, mágicos e malabaristas.

Para meu espanto, o palhaço desequilibrou assim que entrou no picadeiro e, a tropeções, caiu aos meus pés. Pulei com o susto e com o receio dele ter se machucado, o socorri. Quando lhe dei a mão, ele se levantou com um salto elástico. A plateia riu mais de mim do que dele, que aproveitou a deixa sem perder o gracejo. Tirou da lapela sua flor e me deu, enquanto esguichava água em seu próprio rosto. Voltei ao meu lugar com as bochechas em brasa, inflamadas pela risada geral.

Depois desse episódio, consegui que meu avô me levasse ao espetáculo todas as noites e continuei aflita pelo desequilíbrio do palhaço ao entrar no picadeiro. Era preciso verificar se havia algum problema no seu sapato ou um degrau desalinhado no picadeiro. Ele poderia acabar se machucando de tanto cair aos meus pés.

Seu sorriso era largo, tomava toda bochecha e quase chegava aos olhos presos em um triângulo. E quanto mais eu olhava para ele, mais eu enxergava que o sorriso estampado não combinava com seu olhar distraído. Ou seria cansado? Ou talvez dia nublado?

A temporada do circo acabou antes que eu desvendasse o olhar do palhaço desequilibrista, que partiu com a caravana e só me deixou um aceno antes de dobrar a esquina.

Muito tempo se passou sem que nada divertido acontecesse em nossa cidade. Teve casamento, velório e quermesse. A filha do verdureiro fugiu com o mecânico. Filó ganhou trigêmeos e o prefeito inaugurou um chafariz sem água, porque esqueceram de fazer a instalação hidráulica. Como ele só acendia luzes coloridas, o povo o batizou de Fonte do Vagalume. E o tempo passava assim, um tanto sem graça, sem nada interessante acontecendo.

Em uma manhã, logo depois da festa de São João, minha mãe serviu uma novidade no café. O circo voltaria à cidade, mas que ninguém esperasse grande espetáculo porque eles sobreviveram a um incêndio e perderam muita coisa. Meu coração deu um nó. Como estaria o nariz do palhaço?

Corri até a praça para esperar a caravana sem hora de chegada. Meu irmão veio chamar para o almoço, mas voltou sozinho. Quando a tarde já ia longe e mais gente se apinhou na praça, ouvi o ronco do caminhão atrapalhando as cornetas da bandinha.

À frente da caravana, vinha a bailarina, com piruetas e ponta, de mãos dadas com o mestre de cerimônias que saudava o povo. Logo atrás, os trapezistas, o mágico e sua assistente, seguidos pelo atirador de facas e sua mulher corajosa. E no meio daquela trupe cansada, surgiu o palhaço a tempo de quase cair no meio fio, pertinho de onde eu estava. Ganhei outra flor, dessa vez de verdade, quando fui ajudá-lo a levantar.

Fiquei sabendo pelo filho da bailarina que eles perderam a lona e toda arquibancada no incêndio. Não sobrou nem a cortina estrelada. Ninguém ficou ferido, mas só sobrara parte do picadeiro. E o palhaço.

A trupe chamuscada se acomodou no terreno da figueira, enquanto o mágico avisava que teria espetáculo no dia seguinte. A notícia se espalhou atravessando as cercas baixas que repartiam os quintais e, antes do sol se por, o povo levou para a trupe, bolo, café, fruta, queijo e goiabada. O padeiro mandou pão com manteiga, e seu Noca mandou leite fresco da roça. Ninguém da cidade ficou para o lanche. Era preciso descanso antes do próximo espetáculo.

No dia seguinte, na hora combinada, cada morador levou seu banco para abraçar o picadeiro improvisado. Não houve luz, e a cortina que se abriu era feita de lençol com flores chamuscadas. O espetáculo teve mais magia do que caberia na cartola do próprio mágico. Mais uma vez o palhaço tropeçou, e eu tive a certeza de que o problema estava em seus sapatos. Enquanto ele me dava outra flor, sem esguichar água alguma, reparei que o sorriso estava menos largo, a maquiagem mais pálida e os olhos mais molhados. Ao final, com muitas palmas, todos voltaram ao picadeiro para agradecer, e o mestre de cerimônias avisou que ficariam na cidade até conseguirem uma lona nova. As entradas do espetáculo seriam trocadas por retalhos de tecidos.

Fui para casa muito animada. Eu tinha uma mala cheia de retalhos coloridos, herança da avó muito querida. Mal encontrei o sono na madrugada, o dia me acordou muito cedo com o perfume da camélia vista ao abrir a janela.

Nas primeiras noites de espetáculo, levei retalhos variados. Mal acabou a primeira semana, levei, também minha máquina de costura para o abrigo da figueira e passei a reforçar o time por toda tarde. Ao final do primeiro mês, com metade da lona já adiantada, o palhaço me acompanhava até em casa após os espetáculos. Toda manhã, eu abria a janela para a camélia que me esperava.

A lona pronta foi comemorada com grande animação. O palhaço não entrou no picadeiro com o cortejo da trupe. Também não se apresentou, desequilibrou ou esguichou água. Meu coração foi ficando muito apertado com sua ausência. Depois do último número de mágica, em meio a uma fumaça colorida, ele surgiu com nariz brilhante e um sorriso tomando toda a bochecha. Ele veio tropeçando por todo picadeiro e, como de costume, caiu todo esparramado bem pertinho de mim. De susto, saltei para o picadeiro para ajudá-lo a levantar. Em troca, recebi um buquê de camélias, um anel e um beijo vermelho na bochecha.

Nosso casamento aconteceu um mês depois, no picadeiro à sombra da figueira. Meu avô mandou distribuir pipoca e algodão doce colorido para toda a plateia. Para minha mãe, entregou só um lenço do tamanho de uma toalha, para dar conta da choradeira desatada. Meu irmão foi meu padrinho, junto com a bailarina. O mágico e a assistente foram os padrinhos do palhaço, que casou sem maquiagem. Eu usei um véu de estrelas, um buquê de camélias e me enfeitei com um nariz bem vermelho.

O circo partiu no dia seguinte. Eu e o palhaço ficamos e montamos uma escola de palhaçaria para as crianças da cidade. Ele ensinava o riso do desequilíbrio programado, enquanto eu costurava sonhos em roupas coloridas e golas fartas. Assim fui aprendendo, aos golinhos, o segredo dos sapatos que só tropeçam nos ressaltos certos.

13.Ubaldo

O ônibus parou no ponto da padaria. Juracy não entendia como a cidade ainda não tinha uma rodoviária. Todas as outras por onde passaria, ao longo das seis horas de viagem, tinham sua própria estação. Logo a cidade dela, que não era das menores do percurso, não tinha nada. Ou ônibus parava no ponto da padaria ou no posto de gasolina do seu Juca. A rodoviária tinha sido promessa de campanha dos últimos sete candidatos a prefeito, mas ficara só na promessa descumprida.

Já dentro do ônibus, no corredor apertado, Juracy sentiu-se em casa e foi logo se sentando na primeira poltrona vaga.

– Alda, menina, mas você está muito bem. Já fez 60 anos? Claro que não! Você é muito mais nova do que eu – desatou a conversar com a vizinha de assento.

– Eu...

Alda tentou falar alguma coisa enquanto acomodava a bolsa de transporte da cadelinha no colo.

– Mas já tem três filhos, não é? Eu não tive nenhum. Ubaldo nunca quis. Você conhece o Ubaldo, não conhece? Nenhum filho!

– Mas...

Enquanto Juracy revirava o assento em busca do cinto de segurança, Alda acalmava a cadela que despertara com a partida do ônibus

– Ubaldo sempre diz que esses ônibus não têm segurança! É lei, você sabia Alda? Todo ônibus interurbano tem que ter cinto de segurança. Ele acha um absurdo eu viajar nesses ônibus. Mas fazer o quê? Ele não me deixa viajar no carro dele, até porque não sei dirigir, mas não me leva a lugar nenhum. Tenho que viajar de ônibus, não estou certa, Alda?

– Você tem...

Uma lata de refrigerante correu pelo corredor do ônibus enquanto o motorista fazia uma curva para sair da cidade.

– Acho um absurdo essa gente que não cuida do seu próprio lixo, Alda. Ubaldo já brigou com uns vizinhos que esvaziavam a lixeira direto no rio, naquela ponte que fica no final da minha rua. Você já viu o casarão que fizeram lá? Não conheci ainda os donos. Acho que vieram de Minas. Seu irmão mora em Minas, não é, Alda?

– Não, ele mora na Bahia, perto de Ilhéus, com minha mãe. Ele é piloto de helicóp...

– Ai, menina, esse é meu sonho. Ser piloto de helicóptero. Também queria pilotar uma lancha. Seu irmão tem uma lancha, não tem? Eles moram na praia, não é?

– Moram sim. Mas a lancha é do meu cunha...

– Ai, que maravilha! Ubaldo bem que podia gostar de viajar. Eu ia visitar sua mãe, andar na lancha do seu irmão.

– Cunhado.

– Do seu cunhado? A lancha? Por que não falou antes? Mas eu vou querer mesmo é voar com seu irmão. Ele é bonitão igual a você, não é?

Mal o ônibus saiu da cidade, o motorista parou em um posto de conveniência na estrada.

– Parada de vinte minutos para o café – avisou o motorista.

– Alda, vamos tomar um cafezinho? Ubaldo adora café.

– Eu vou ficar no ônibus para a Fofinha não latir. Mas pode ir.

Alda aproveitou os minutinhos de sossego, sem a mulher do Ubaldo. Mas tão logo o motorista retornou, a companheira de poltrona voltou a se acomodar ao seu lado.

– Menina, você perdeu o café. Uma delícia. Também comi um pãozinho de queijo. Lá em casa nunca tem pão de queijo. Ubaldo diz que polvilho dá azia. Você gosta de pão de queijo? Podia ter trazido pra você.

– Obrigada, não era necessá...

– Alda, você tem Face? Eu não tenho. Mas Ubaldo, o danado, tem. Sabe o que ele faz, Alda? Conversa com um monte de mulheres. Até do México. Imagine! Aquele velho chato, conversando com moça nova e mexicana. Ele disse que vai viajar para conhecer a tal moça. E não quer me levar. Ela vai levar um susto! Ele manda foto de quando tinha uns quarenta anos. Quero ver o que a moça vai achar dos setenta e tantos de agora.

Dessa vez, Alda nem tentou falar nada. Não achou uma palavra curta o suficiente. Fofinha dormia com um olho aberto, outro fechado, para combinar com uma orelha em pé outra abaixada.

– Você fala espanhol, Alda? Eu não falo. Mas canto muito bem. Adoro um bolero. Já fui convidada para cantar em uma orquestra de baile, mas Ubaldo não deixou. Disse que não era coisa de moça direita. Agora não sou mais moça, nem cantora. E o Ubaldo namora pela internet.

Alda sorriu.

– Alda, a gente podia marcar um encontro. Você tem celular com internet? Você podia mandar uma foto nossa para o Ubaldo. Pena que seu irmão bonitão não mora por aqui. Queria ver a cara do Ubaldo quando me visse do lado dele.

Durante a viagem, Alda ficou sabendo que Ubaldo não ia mais à igreja porque achava o padre muito novo e que ele tinha colocado três vasos de planta em frente à casa deles, para o vizinho não estacionar o carro sobre a calçada. Soube também que Ubaldo estava frequentando uma academia e nadava no clube duas vezes por semana, caso não chovesse. Ele estava de dieta e Juracy teve que aprender várias receitas sem carboidrato pela tevê. Alda pensou que seria bom conseguir dormir com um olho aberto e outro fechado, como Fofinha.

– Alda, que bom que você é como eu: não dorme em viagem de jeito algum. Acho uma deselegância uma pessoa dormindo ao nosso lado no ônibus. Para dormir junto é preciso intimidade. Não acha, Alda?

– Eu...

Alda também ficou sabendo que Ubaldo comprou uma moto vermelha, um capacete dourado e um casaco de couro todo bordado. Aos sábados, ele saía pela manhã e voltava depois da novela das nove. Juracy não sabia se ele seguia a dieta sem carboidrato nesses dias, porque nem sempre é fácil encontrar uma alimentação apropriada fora de casa.

Quando o ônibus entrou na rodoviária e o motorista anunciou o fim da viagem, Alda tratou logo de se despedir da mulher de Ubaldo:

– Querida, foi um prazer encontrar você. Lembranças ao Ubaldo.

Apressando o passo, não deu muita chance para a conhecida esticar a despedida e deu apenas um aceno já de longe.

No táxi para casa da prima, Alda não deixava de se perguntar:

– Será que Ubaldo volta do México?

14. Joana

A janela do quarto de Joana abria-se para o pomar. O perfume das flores de laranjeira vinha de lá. O canto dos pássaros também. Até a sinfonia das cigarras vinha do pomar. Tirando os dias de chuva e ventania, a janela era mantida sempre aberta. Mesmo nas horas de sol intenso, a cortina verde das árvores filtrava a radiação, mantendo o clima no quarto agradável. Mas mesmo que a janela quase nunca se fechasse, a porta pouco se abria.

Joana quase nunca saía do quarto. Era comum pular algumas refeições do dia, apenas para manter-se lá. Era comum também dona Eulália ter que insistir junto à porta para que a filha almoçasse ou jantasse, pelo menos. E nem sempre era atendida. Joana alegava dor de cabeça leve, enxaqueca, compromisso com o estudo.

– Estudo de quê, minha filha? Você já não é moça formada?

– Formada, mas não estagnada, mãe. Quem não estuda fica para trás.

Dona Eulália quase sempre saía resmungando:

– O que adianta estudar para não ficar para trás, se continua trancada no quarto?

O quarto de Joana era preenchido com a mobília herdada da avó. Cama, criado-mudo, penteadeira com espelho, cômoda e armário de duas portas. Apenas a colcha, o lustre e o tapete eram novos, ou quase isso, pois vieram no baú do enxoval de dona Eulália.

A mãe sentava-se à mesa da cozinha enquanto o almoço era preparado:

– Não sei mais o que faço com essa menina, Eufrásia. Dia e noite nesse quarto. Sem amigos, sem conversa, sem trabalho. Qualquer dia acorda toda mofada.

– Tirando a parte da menina, eu concordo com a senhora. Joana vai ficar com perfume de coisa não arejada.

Mas isso não era verdade. Joana cheirava à flor de laranjeira, como aquela do quintal.

– Eu nem sei se minha filha ainda é capaz de abrir os olhos ao sol, Eufrásia.

Essa preocupação era infundada. O olhar de Joana era o próprio Sol que invadia sua janela.

– Dona Eulália, eu acho que qualquer dia Joana desaprende a falar.

Que engano de Eufrásia. Joana falava muitas línguas, inclusive as que são próprias dos sabiás e dos ventos.

Enquanto isso, no quarto, Joana cuidava do seu relicário. Era dia de abri-lo aos quatro ventos, no sol morno da manhã, tomando o cuidado de afastar as cortinas para garantir sombra alguma. Esse era o ritual de maior dedicação. Mês a mês, ela retirava o relicário guardado no fundo do armário e o abria com a chave de ferro fundido guardada na sacolinha de feltro, dentro da gaveta do criado-mudo. Nesses dias, colocava um lençol branco sobre a colcha da cama, para que nada se perdesse na trama fina do crochê rendado que fora feito à luz de velas pela tia avó que vivera em um rancho, em Goiás. Uma a uma, as relíquias eram dispostas sobre ele, seguindo a ilógica própria da memória de Joana.

A primeira peça a sair era o alfineteiro de feltro em formato de coração azul-marinho, bordado com minúsculos miosótis em azul-claro. Nele, permaneciam as duas agulhas usadas para fazer a bainha do vestido do baile de sua formatura. Elas já não serviam às novas costuras porque estavam enferrujadas, mas guardavam boas memórias.

Depois, Joana retirava o livro de orações com a capa de

madrepérola. Tarefa que exigia cuidado com a peça que já passara por três gerações de utilidade, chegando à quarta, inútil. Na sequência, saíam a pena da gaivota recolhida na praia remota visitada um dia, a sacolinha com pedras despreciosas, a pulseira de prata com espinhos de ouriço caixeiro, a rosa vermelha desidratada, o lenço de linho com o monograma suspenso, as três conchas bem lavadas e o brinco de pérolas nunca usado.

Com tudo disposto em ordem e contexto, Joana prosseguia com a tarefa, em ruidoso silêncio. Após piscar três vezes em lentidão de espera, recolhia do relicário o maço de cartas manuscritas de passado, atado com fita de seda lilás. Desfazia o laço, enamorava-se de cada selo postal, abria um a um os envelopes e deixava as folhas respirarem ao tempo. Relia as memórias acariciando a saudade corporificada nas palavras. Em sequência às cartas, Joana recolhia no relicário o pequeno álbum de fotos. Recordava cada rosto e momento, lugar e companhia. Fechava-o em mudas lembranças.

Chegando a vez do livro de poesia restaurado, abria uma página em descuidada escolha e lia os versos encontrados.

Com o lençol sobre a cama já quase submerso, retirava o santo guardado ao fundo. Todo relicário que se preze há de ter um santo guardião. No dela, habitava São Jerônimo, tradutor de muitas línguas, assinante de vários tratados. Era dele a tarefa guardiã de lhe traduzir as saudades.

O quase último item resgatado do relicário era a sacola de cetim verde, que guardava a chave extra, também de ferro fundido, do próprio relicário. Bem guardada em boa companhia, era a garantia de que se um dia a chave que repousava no criado-mudo se perdesse, suas relíquias se abririam por dentro.

Por fim, mas não finalmente, Joana usava a flanela, também da mesa ao lado, para limpar o espelho colado no fundo e depois, mirar-se. Era nesse espelho que morava o designio do relicário.

Concluído todo percurso, esvazia a cama e preenchia o relicário em perfeita ordem inversa. Uma a uma, todas as memórias eram acomodadas em sincronismo, sem revés de ventania. Depois de bem trancado e guardado, não sem antes duas conferências certificadas, Joana saia do quarto a tempo de tomar a sopa caprichosa deixada por Eufrásia. Entre uma colher e outra, via dona Eulália contar as novidades do dia, lembrando o que a moça que habitava o espelho de seu relicário lhe dissera:

– Eu permaneço aqui.

15. Chica

Lucinda era moça de mais fina finura. Não pelo quadril de abas largas, mas pela formosura da alma. Foi da última turma do internato para moças da região, que ainda teimava em resistir às mudanças educativas. Nunca se soube da moça o menor deslize de conduta ou sombra na impecável reputação. Jamais houve namoro pretendido ou carta recebida que não fosse de seus pais. Nunca lhe ouviram suspiro descabido e se algum houve, ficou no campo do mais secretíssimo segredo. Até seu sono tinha bom comportamento. Acordava com o lençol tão bem esticado quanto na véspera. Saiu do internato professora, com emprego garantido no jardim de infância da cidade e casamento marcado com o filho de seu Maneco da farmácia.

Alvinho, o noivo, era moço da mais grossa grosseria. Não pelas costelas que lhe saltavam às camisas, ou as calças que teimavam em não obedecer ao cinto que precisava ser cada vez mais perfurado, mas pelo cenho sempre sisudo e as palavras sempre ásperas a apunhalar a vida. Estudou na capital e voltou diplomado com escritório montado na sala de dona Enchantê. Sabia do noivado tramado, mas esperançava que a moça resolvesse virar noviça ou se desencantasse com suas manias despolidas. Mas dona Enchantê, mãe de zelosos compromissos, marcou o noivado sem ouvir nem um lado nem outro.

O jantar de noivado azedou logo no primeiro prato. Da sopa fumegante, Alvinho cuspiu um engasgo forçado, na lapela do terno de linho do futuro sogro. Daí para frente, entre arrotos, impropérios e coxas de galinha entre os dedos ensebados, Alvinho desgostou até o pai, farmacêutico de educada doçura.

Mas nenhuma cena desfez o compromisso, e Lucinda saiu do solar com o anel de noivado de dona Enchantê. O que sucedeu depois da partida de Lucinda foi contado pelos cacos dos pratos, travessas e taças, recolhidos pelos empregados, enquanto Alvinho saía pelo fundo, atrás de cantoria que tinha nome: Chica.

Chica era a dona da voz que desfazia, nó a nó, as grosserias de Alvinho. No compasso da sua afinação, o moço era água de remanso. Apenas seu coração batia em correnteza. Ela era moça de educação afinada, filha de dona Laura, lavadeira da família de Alvinho. Chica seguia o padrasto, violeiro renomado, pelos bailes e serestas da cidade. A moça, que brilhava como jabuticaba madura, deixava uma trilha afinada, que o rapaz seguia pelas notas bem cantadas. Ela era moça de felicidade desmedida, sem ser de forno e fogão, mas de piano, violão e pandeiro. Enfeitava os cachos com laços fartos e usava cordões de muitas contas. Alvinho, perto de Chica, só suspirava.

Dona Enchantê, de herança suíça atestada e protocolada, não gostava dessa cantoria que desatava o juízo do filho. Não queria para os netos o destino de pedra de lavanderia ou de couro de tamborim. Imaginava-os formados e, quem sabe, até um padre de renomado carisma. Para desafinar o futuro que se anunciava, trocou de lavadeira sem reclamar dos lençóis de linho que nunca mais tiveram a mesma brancura perfumada. Dormia em cama amassada, mas acordava com a garantia de Alvinho e Lucinda bem amarrados.

Chica esperava Alvinho desatar o compromisso. Continuava cantando e ajudando a mãe a lavar as roupas da cidade. Lavava até as roupas de Lucinda, arrumando-lhe as rendas mais finas, com delicada dedicação. Continuava esperando Alvinho ao final de cada baile ou seresta, como combinado por anos.

Mas um dia Alvinho não chegou à hora esperada: dona Enchantê o trancou no quarto e pregou as janelas por fora, depois que descobriu sob a cama, uma mala bem arrumada para a partida. O rapaz gritou, berrou, esmurrou, mas não se libertou. Chica, decepcionada, pegou o primeiro trem que partiu pela manhã e foi cantar na capital. Sua voz pretendia uma liberdade que não cabia na cidade esquecida.

Alvinho casou com Lucinda, que continuou professora da mais fina formosura, ensinando às crianças o que o casamento não lhe deu. Ele construía casas gradeadas e muros reforçados. Recusou o contrato para construir a nova ponte que encurtava o caminho para capital, depois que o trem se aposentou. Nunca saiu da cidade, nem abriu janela para seresta ou deixou Lucinda promover baile de aniversário.

Nas noites de sábado, não jantava. Trancava-se às sete chaves herdadas de dona Enchantê e ligava o rádio no programa de auditório. De olhos fechados, ouvia Chica lhe cantar ao coração e chorava todos os nós de amargura que habitavam em seu peito.

Sabendo do gosto musical do marido, único alento de suas grossas grosserias, Lucinda economizou uns bons trocados de salário e comprou a mais nova novidade da cidade. O marido chegou em casa e encontrou o televisor, com direito à laço de fita e cartão. Não agradeceu, mas também não vociferou. Cansado de tantas casas gradeadas, Alvinho sentou-se ao sofá e aguardou a estreia televisionada. A noite fez-se alegre com limonada e biscoito de polvilho, mais toda família reunida: o casal, os sogros de um, os sogros do outro. Televisor ligado, apareceu um homem bem engomado e engravatado, anunciando a mais bela voz da música popular, a estrela que preenchia até o mais solitário dos corações:

– Com vocês, a voz mais bela da nossa música popular: Chica, da Lavadeira!

Alvinho fechou-se em suspiros.

16. Encontro dos rios

Não chegaram juntos ao encontro dos rios. A pontualidade era virtude unilateral. O outro se desculpou, sem conseguir um sorriso por isso. Abrigaram-se do sol sob a sombra do ipê, que talvez não tenha nascido ali por acaso. Sentaram-se com cuidado entre as raízes fugidas do chão. Mantiveram-se cercados de silêncio por um tempo e distância segura. Não foi um susto reencontrá-lo. Os óculos agora eram de armação mais moderna, colorida. O cabelo bem cortado e prateado não se abalava com a brisa. Mantiveram-se lado a lado, no mesmo abrigo verde que repousava desde o tempo das flores roxas.

Como alguém teria que dar o primeiro passo, ou o primeiro pio, o que chegou atrasado, depois de um profundo suspiro, tomou a iniciativa de sussurrar algumas palavras, confessando lembranças do que não aconteceu. Entrelaçaram os dedos como se fosse um hábito e, pouco a pouco, mais palavras passaram a circular entre suas histórias. Elas se arrumavam interrogativas e espelhavam respostas breves, nada reticentes. O silêncio era preenchido por fragmentos indecisos.

– Você ainda mora na mesma rua?

– Está feliz no trabalho?

– Quantos filhos vocês tem?

– Você tem netos?

– Ainda nada no clube?
– Vocês conversam?
Calaram-se em resposta a essa última pergunta. Retomaram com assertivas.
– Tive dúvidas sobre vir ou não.
– Eu nunca tive dúvidas.
– O tempo confunde as lembranças.
– Minha memória não é amarga.
– Minha lembrança não é doce.
Mais uma vez o silêncio os calou. Olharam os rios, seu encontro, suas margens. Vagaram pelas nuvens como os pássaros que cortavam o céu em busca de uma árvore como abrigo para a noite que não tardaria a chegar.
Partilharam um sorriso desarmado enquanto os olhares convidaram a um mergulho. Na respiração compassada, qualquer palavra era excesso. Mergulharam. Havia, nessas águas, o sabor de um pomar inteiro, maduro, que os levava cada vez mais para o fundo, sem passado, só presente. Os dedos desfizeram o laço. As mãos espalharam-se posseiras.
O tempo acordou onde não se ouvia rio, floresta, pássaro ou sino. Borboletas não passaram por ali, embora o barulho surdo do mergulho no rio estivesse lá. Era o rio que trazia a ausência de uma vida inteira. Haviam se perdido no tempo em que buscavam esse rio.
Quando foi imperativo respirar, enxergaram-se outra vez. Um mexeu no cabelo, o outro arrumou a roupa. Olharam o relógio ao mesmo tempo.
– Preciso ir. Tenho hora.
– Sempre teve a hora de ir.
– Quase nunca a de voltar.
– Adeus.
– Até breve! Até um dia qualquer.
– Ou até um nunca sequer.
Despediram-se sem abraço, aperto de mão ou leve sorri-

so. Apenas um momento para o olhar que não se desvenda, ou não se quer desvendar. Depois de um leve aceno de cabeça, quase perdido em um piscar de olhos, cada um seguiu seu rumo às margens dos rios desencontrados.

17. A Agulha e o Clarinete

A Agulha e o Clarinete se conheceram muito jovens ainda, quase crianças. Ele desafinava algumas notas, e as corrigia com muita prática e ouvido apurado. Ela traçava um ponto ou outro ainda frouxo, mas com delicadeza persistente. Cada um morava em sua casa, em lados opostos da praça. Mas como em praça de cidade pequena a largura não distancia as janelas, a Agulha desenhava no linho, embalada pela melodia do Clarinete, enquanto ele treinava suas escalas, de olho nos monogramas floridos que surgiam dos fios trançados, ponto a ponto por ela.

O tempo foi dando linha na pauta, marcando ponto e compasso, como na vida e nas histórias. O Clarinete não desafinava mais, tocando em todas as claves sem desviar o olho da janela. A Agulha, por sua vez, criava jardins e ramalhetes preciosos, arrematados com rendas delicadas. Sempre perto da janela.

Como toda cidade se encontrava na praça em dia de quermesse, com a Agulha e o Clarinete não podia ser diferente. A Agulha, que bordava lindas golas para o vestido da mocinha, passou a acompanhá-la para todos os festejos dentro da pequena bolsa de mão, carregada também de um retrós branco, uma pequena tesoura e dois alfinetes. O Clarinete, carregado à tiracolo pelo jovem músico que tocava nas festas, também se divertia nos intervalos da apresentação da banda no coreto.

– Aceita um algodão doce?– perguntou o Clarinete.

– Eles derretem fácil, melam e podem manchar o tecido – recusou a Agulha, sugerindo: – Que tal um mil folhas?

– Melhor não. Pode embaralhar com a minha pauta...

Eles tentaram outras opções, até decidirem pelo suco de caju, com pouco açúcar e promessa de cica. Arriscaram.

Depois desse dia, os dois passaram a se encontrar na praça. A Agulha sempre acompanhava a mocinha, ora em sua bolsa, ora atada ao bordado levado para lá e para cá. O Clarinete não fazia por menos: acompanhava o músico nos ensaios da banda no coreto, na roda de conversa no banco da pracinha e, cheio de confiança, passou até a ocupar o peitoril da janela da casa da Agulha enquanto ela trabalhava. Não era mais mistério para a cidade que as notas sopradas pelo Clarinete inspiravam a Agulha a bordar um enxoval de linho e cambraia com ramalhetes coloridos. Em pouco tempo, todos celebraram na capela a união das linhas bem cuidadas com as notas afinadas. A Agulha enfeitou-se com um véu de fios brancos que teceram minúsculas flores de laranjeira. O Clarinete, todo garboso, usou sua melhor casaca preta, com os botões reluzentes, polidos cuidadosamente para a ocasião.

Como a cidade ficou pequena para a música do Clarinete, o novo casal partiu em busca de uma praça maior. Ele acompanhava o músico, mais afinado a cada dia, tocando em bailes, festas, coretos e bandas. E era tão bom no que fazia que além de tocar composições alheias, criava as suas próprias. Sua música não tinha fronteiras, espalhando-se por muitas praças.

Enquanto isso, a Agulha acompanhava a moça nos seus bordados e costuras, entre fios e tecidos, com o ponto cada vez mais certeiro. Às vezes, entre a encomenda de um enxoval e outro, conseguia acompanhar as notas do Clarinete, descansando na bolsa da moça. Outras vezes, se deixava esquecida junto à barra de um vestido terminado às pressas para o baile. Mas como seu trabalho era muito, nem sempre o tempo lhe dava linha para acompanhar a pauta do Clarinete, que continuava carregado para cá e para lá pelo músico promissor.

Como a nova cidade era muito grande, a Agulha já não conseguia ouvir o Clarinete quando ele trabalhava. Ele, chegando à casa tarde e cansado, já não tinha ânimo pra desvendar os mistérios dos pontos delicados da Agulha. E os dias dela foram ficando silenciosos, e os dele, desatados.

Nos bailes que o Clarinete frequentava, nem todos os vestidos eram bordados pela Agulha. Alguns brilhavam com lantejoulas e paetês que a Agulha desconhecia. Em casa, seus ramalhetes começaram a desbotar e as rosinhas perdiam as pétalas porque as linhas já não eram da mesma meada. Até que um dia o Clarinete perdeu o compasso e não achou o caminho de volta para casa. Dizem que seguiu o músico, hipnotizado pelo brilho de uma lantejoula qualquer. A Agulha, então, passou a bordar dobrado para dar conta de tudo que não era fio. Do Clarinete não se ouvia uma nota sequer.

A vida seguiu em tons diferentes e, vez ou outra, chegavam notas dissonantes, trazidas por uma viola ou pandeiro, que contavam que o Clarinete continuava entre festas e bailes, já cansado do brilho da lantejoula, mas sem conseguir encontrar o fio do caminho de casa. E por isso, por mais que todos aplaudissem o músico, ele reconhecia as notas que sempre desafinavam e que só seu ouvido sentia. Quanto à Agulha, nas poucas horas de folga da mulher bordadeira, ficando a esperançar na janela perdida em um compasso só seu, bordava, meio sem querer, em linho cor de trigo, a canção que ficara na pauta esquecida pelo Clarinete.

18. Além da montanha

Luminarina morava numa casa de quatro cômodos, plantada no topo do único morrete da vila. Cercada por quatro varandas abertas às direções do vento, a varanda do leste para qual a janela do quarto se abria, deixava ver os primeiros raios do Sol antes mesmo dele nascer. Da varanda do sul, aquecida pelo forno de pedra, ela recebia as brumas que nebulavam o horizonte e cobriam todo o verde com um manto de algodão doce. À varanda do norte, chegava a chuva miúda e mansa que verdejava sua horta e dava de beber ao pomar. Na varanda oeste, para qual se abria a principal porta da casa, ela se despedia dos últimos raios solares, agradecida por viver mais um rodopio terrestre.

Sua vida era rotineira, marcada por fazeres de casa e cuidados do campo. Mal saía da cama, já abria a janela do quarto para avistar o sol por nascer antecipado no horizonte distante. O dia era preenchido com plantios e colheitas, costuras e tachadas e terminava com o bule de chá servido até o último gole solar. Uma vez por mês, Luminarina ia à vila com seus cestos de quitandas, geleias e costurices para o escambo na venda de seu Osório, para a entrega das encomendas das mocinhas casadoiras e uma visita à dona Rose, no único posto bancário existente. Voltava ao cair da tarde atualizada de nascimentos, noivados e casamentos, desterros e forasteiros.

Assim vivia Luminarina, de rotações a translações, sem que nenhuma ruga a encontrasse ou mazela lhe empalidecesse. Mas há sempre de chegar uma hora que suspenda a ordeira rotina. E com ela não foi diferente. Sendo assim, Luminarina acordou para mais um dia, abriu a janela para o horizonte leste distante e viu que tudo estava diferente. No lugar da distância, encontrou uma montanha grandiosa, a três palmos do seu nariz. Colocando os óculos para não escapar nenhum detalhe, saiu pra revistar as outras três varandas e ver como as coisas estavam por lá. Apenas a varanda do leste ganhara nova visão, tomada pela enorme pedra. Disposta a encontrar o horizonte solar e amanhecer seu dia, Luminarina colocou seu poncho mais felpudo, calçou as botas mais confortáveis, colocou no bornal de linho bordado provisões para as primeiras horas e partiu montanha acima.

A subida foi mais leve do que ela esperava, e, próxima ao topo da montanha, ela já imaginava as cores da aurora a lhe esperar antes das cinco vilas conhecidas. Ao chegar lá, no entanto, Luminarina encontrou outra montanha, tão grande quanto a que acabara de subir. Resolvendo economizar as provisões no bornal para o topo seguinte, não fez lanche algum e desceu a encosta para atravessar o vale. No caminho encontrou um casal de pastores com um pequeno rebanho de cabras, aos quais, depois das saudações costumeiras aos que são do campo, perguntou:

– Qual o nome desse vale de vocês?

– Tem nome não, moça. Tendo nome teria dono. Como dono não há, nome também não tem.

– Vocês vivem por aqui?

– Passamos por aqui, às vezes sim, às vezes não. Depende do querer do rebanho.

O casal partilhou com Luminarina o café forte, e ela lhe deu o pão assado na véspera. Despediram-se tomando cada qual seu próprio rumo: o casal pastoreando no vale e ela subindo a nova montanha. No topo, com o céu um pouco mais claro, mas sem avistar os raios do nascente, Luminarina encontrou outra montanha ainda, um pouco maior do que a que acabara de subir, bloqueando a planície que ela já começava a duvidar que existiria. Faltando-lhe alternativa, desceu ao novo vale, para vencer a nova encosta.

Chegando lá, Luminarina encontrou um velho que lhe disse estar solitário desde que seus cachorros partiram atrás de uma raposa. Disse ainda que volta e meia os ouvia passear pelo campo, mas não os chamava de volta.

– E por que o senhor não os chama de volta para casa, para lhe fazerem companhia?

– Posso chamar não, moça. Sabe como é, liberdade quando é conquistada não cabe cabresto de novo.

O velho lhe ofereceu uma cuia de mingau de milho e Luminarina lhe deixou uns biscoitos de canela, embrulhados em um guardanapo florido. Despedidas trocadas, ela subiu a nova montanha, parando aqui e ali para beber um pouco do que restava de orvalho nos arbustos. Ao final da subida, ainda sem perder a energia, encontrou um tapete de capim florido, penteado pelo vento, cobrindo todo topo da montanha. Ao olhar além, ela avistou uma nova montanha – era a quarta que se descortinava no mesmo dia. Ainda sem enxergar o horizonte da planície que conhecia do amanhecer passado, resolveu fazer um breve descanso para refletir entre seguir em frente e atravessar o vale ou retornar pelo caminho que leva à casa do velho solitário. Lembrando-se da tia que lhe disse que para frente é que se anda, pôs-se de pé e desceu o vale para alcançar a nova encosta.

Esse vale era mais profundo e escuro e nele não encontrou alma de gente vivente. Corria por lá um ar gélido que assobiava histórias que ela não compreendia. Foi preciso atravessar um pequeno riacho de águas muito límpidas que deixavam ver alevinos e girinos brincando na vegetação submersa. Aproveitou uma pequena queda da água por uma rocha arredondada e bebeu até que próximas sedes pudessem ser evitadas. Depois de breve descanso, Luminarina começou a subida, diferente das anteriores. Ela era mais íngreme, salpicada de rochas pontiagudas aqui e arredondadas acolá, fazendo-a demorar mais do que imaginara. À medida que se aproximava do topo, a vegetação ia ficando mais rala e rara, o solo ficava mais pedregoso e seco, e o ar mais leve e limpo. Foi preciso parar e descansar algumas vezes até retomar o ânimo para prosseguir na subida. A cada parada, recordava o horizonte amanhecido de suas memórias e assim inflava-se de energia para vencer a inclinação, passo a passo. Depois de todo esforço, alcançou o topo. Esperançosa em encontrar o horizonte baixo e amplo, o que viu foi outra montanha.

Com os braços caídos e as pernas enfraquecidas, sentou-se de qualquer forma entre os pedregulhos do chão. Abriu o bornal e tirou de lá algo mais para distrair do que para aplacar a fome que nem mais sentia. Foi então que viu alguém lhe acenando do topo à frente. Era algo tão diminuto que não sabia se era gente ou bicho, arbusto ou miragem. A visão alimentou-a de ânimo e, assim, desceu rapidamente a encosta para transpor o vale e alcançar o novo topo o mais rápido possível. Chegou lá resfolegando, aos tropeços e começou a procurar pelo o que seus olhos haviam mostrado. Encontrou uma anciã, sentada sob a sombra de uma única árvore, tecendo qualquer coisa com linha e Agulha. Antes de se aproximar da senhora que lhe sorria, avistou outra montanha que se colocava antes de qualquer planície.

– A senhora vive aqui?

– Não. Eu venho de longe.

– E de onde a senhora vem?

– Venho detrás daquela montanha – respondeu apontando para a nova montanha que crescia na direção oposta a de onde Luminarina havia chegado.

– E o que há atrás dela?

– Outra montanha.

– E antes dessas montanhas?

– Outra e outra montanha.

Percebendo que Luminarina permanecera calada, o olhar distante, a anciã completou:

– Há sempre uma montanha por trás de outra montanha.

19. Filhos da montanha

Rosalinda acordou montanha.

Como não apareceu para tomar café, mesmo depois de seu pai sair para o trabalho, sua mãe foi ao quarto lhe chamar. Lá, encontrou a cama desfeita e a janela aberta para o quintal. Foi na hora de prender as cortinas que voavam, que a mãe avistou Rosalinda junto à horta.

– Menina, vem logo tomar o café que eu tenho mais o que fazer.

– Não posso. Não tomo mais café. Nem almoço ou janto. Mas não se preocupe.

– E posso saber o porquê dessa nova dieta de nada?

– Porque não preciso mais de nada disso. Agora sou montanha.

– Montanha? Parada aí no quintal, perto da horta? No máximo, você vira um pé de couve ou uma goiabeira. Deixe de besteira e entre logo.

Rosalinda não entrou. A mãe passou o dia dando uma espiada ou outra, em meio às ocupações, mas não a chamou outra vez, talvez precisasse de tempo para viver o novo capricho ou sentir fome de verdade. Como não aconteceu coisa ou outra, e depois de muito insistir para que Rosalinda fosse dormir para ver se mudava a frequência no sonho e acordava gente outra vez, a mãe desistiu, na esperança de que o frio e o sereno da noite mudassem a ideia da filha.

A noite passou e o dia chegou com Rosalinda ainda montanha. Dessa vez, não só a mãe, mas também o pai e os irmãos tentaram rebocá-la do quintal, mas sem sucesso. Com os pés bem plantados à terra, Rosalinda não saía um mísero milímetro do chão. Betinho, o irmão mais novo, teve a ideia de chamar seu Juca e de pedir dois cavalos emprestados para puxar a irmã. Mas por mais que os cavalos puxassem e seu Juca engrossasse o coro da família, Rosalinda permanecia montanha, plantada ao lado da horta.

– Sei não, compadre. Melhor chamar o Matoso e pedir emprestada a junta de boi de carro, pra puxar a menina.

– Mas aqueles bois lá nem passam pelo nosso portão – desanimou o pai.

– Então talvez seja o caso de chamar um médico ou um padre – sugeriu seu Juca.

Mas como a mãe não acreditava em médico, o pai não confiava em padre e já chegava a hora da janta sem ninguém ter conseguido almoçar, resolveram dar mais uma noite para menina cansar de ser montanha.

Só que Rosalinda amanheceu montanha. Outra vez.

E nesse dia novo, os pais precisaram olhar bem para cima para falar com a filha – a cabeça de Rosalinda já passara da cumeeira do telhado. Na verdade, já passava, e muito, da altura da palmeira centenária plantada pelo avô. O que a família falava só chegava até ela como sussurros levados pelo vento. E Rosalinda continuou a crescer, ficando mais alta do que todas as árvores e prédios da cidade, se espalhando primeiro por todo o quintal e depois ganhando as ruas, praças, outros quintais e até mesmo boa parte das estradas que chegava ao lugar. Tudo foi se pendurando em suas encostas.

Os pais, boquiabertos, não sabiam o que fazer, e Rosalinda, de tanto crescer, encontrou-se com outras montanhas e fundiu-se a elas em uma cadeia coberta de verde. De uma montanha a outra, corriam veios de água que levavam histórias por todos os lugares. Em seu centro aquecido e sólido, a menina sentia-se grávida da própria Terra, como se fosse possível gerar a própria mãe. Não lhe restavam mais braços, mãos, pernas, pés. Nem mesmo voz. Tudo que lhe preenchia eram presença e pertença. Acima de Rosalinda, os dias eram contados em voos de penas multicoloridas e em nuvens apressadas, e as noites pareciam adormecidas em um céu de pisca-pisca.

A cidade que restou ao pé de Rosalinda continuou crescendo como uma serpente rodeando sua base e escalando suas vertentes. Os seus pais nunca se mudaram da casa onde, do quintal, a filha amanhecera montanha. Todos os dias deitavam-se no solo, encostando bem o ouvido e o coração. Era assim que escutavam as histórias da filha e sabiam de todas as terras que ela gerava para garantir a vida das gentes que viviam por ali. E era assim que se irmanavam em Rosalinda, sentindo-se ao mesmo tempo pais e filhos da montanha que geraram.

20. Invernada

Na escuridão dos olhos fechados, a memória se acendia como labirinto de lembranças, ora vagas, ora vivas, acontecidas ou imaginadas. E em meio a tantas voltas, havia centros vazios e margens difusas, nas quais ela se perdia em melancolia.

Olhar para ele de olhos abertos era se afogar em luz irradiada de seu sorriso sempre presente e generoso. Olhar para ela era ver, não querendo enxergar, a tristeza fosca no espelho. E quanto mais sol irradiava do sorriso franco dele, mas só ela ficava. Era uma solidão absoluta que seu corpo abrigava, porque ele nem sequer imaginava que era o Sol, e que era dela.

Ele seguia pelas ruas e ladeiras, sempre pelo lado ensolarado. Não parava à sombra de árvore qualquer, mesmo nos dias da soalheira mais quente. Ela o via, espreitando por frestas escondidas ou por sombras abrigadas. Ele seguia, falava, sorria. Ela ficava, calava, chorava. Fora dela a escolha de não ser mais sol com ele, buscando os próprios passos em caminho errante. Fora dela a escolha de ser sol sozinha ou de ser sol com outros sóis em semelhança de brilho. Enquanto ela via a farta cesta que ele levava e distribuía à vida, restava-lhe uma colheita vazia. Ele, generoso, até com ela repartia a própria cesta, sorrindo o sol que lhe doía o peito, a cabeça, o corpo, a alma, o tudo.

Quando ela deixou de ser o seu sol, ele passou pelo rigor de um inverno gelado. Talvez até mais de um. Mas renasceu brilhante na primavera. Enquanto ela rodopiava por muitos sistemas de gravidade alheia, perdeu-se por vias sem luz, até reencontrar-se na luz solar que era ele, mas que não era mais dela. E foi assim que o espelho ficou fosco, o corpo ficou oco e ela não sorria mais como ele.

Em tempos de penumbra, a tristeza lhe contava sobre desalentos que a lembrança acalentava. No segredo do silêncio, ela lia o avesso da história enquanto ele trazia o próprio sol à vida. A ela restavam mergulhos em desejos eclipsados que cravavam garra gelada em sua existência de ausências.

Um dia, não suportando mais tanta sombra a lhe afogar, tomou forçosas e urgentes decisões: quebrou o espelho, esvaziou a mochila e partiu sem nenhum até breve. Tomou o rumo do chalé, herança de um tio lunático, que ficava na floresta da montanha mais alta, nos arredores da cidade. Não ia para longe, em parte por preguiça, em parte por ter se cansado de tantas distâncias percorridas. A ela bastava estar longe daquele sol que era ele.

O chalé era um pouco sombrio, abafado por muitas árvores, porém bem conservado. Nele, não havia nenhum espelho e ela achou que isso combinava bem com o seu momento. Em volta do chalé, num jardim bem cultivado, ela pensou ser possível se acostumar com piqueniques solitários.

No entanto, não tardou ela perceber uma luz que brilhava entre as árvores, parecendo vir de um lugar não muito longe. Por vezes ficava na varanda até tarde, se aquecendo dessa luz distante. Com o passar do tempo foi percebendo alguns sons que pulsavam do mesmo lugar de onde emanava a luz. Entendeu que de lá vinham rastros de festejos de solstícios e equinócios e, enchendo-se de coragem, foi se certificar.

Ao chegar, viu um chalé não muito diferente, também conservado e rodeado por um jardim como o seu, sem uma sombra sequer. Bateu à porta entreaberta, e quando essa se abriu, descobriu que era lá que o Sol morava.

21. Germinados

Duas sementes dormiam lado a lado no solo em pousio. Eu sou filha de uma delas. Brotei fundas raízes, antes da primeira folha romper o lacre do gérmen. Busquei, entre lascas e pedras, o rastro da água longínqua. Dormi por um tempo que nem sei, antes de tudo acontecer. Era escuridão, todo o sempre. Sons arrastados e ruídos dissonantes faziam sugestão do que habitava o mesmo solo. Mas a semente ao meu lado, dormia.

Foi longa a espera – eu acho – para que meus galhos se lançassem em todas as direções, e de suas gemas brotassem as folhas que me preenchem. Nunca tive pressa. Cresço todo dia a impulsos desmedidos, mas com minha apreciada vagareza. Espalhar-me requer devotamento, afora competição. Acordo, em cada uma de minhas gemas, o sagrado nutrido pelo albúmen ancestral. Isso me faz crescer em programado compasso.

Do lugar em que habito, conheci um pássaro que se dizia profeta, que nem sempre desejava pouso em mim. Era estado que lhe convinha sem me dar explicação. Ele dizia que nem sempre o caminho é descoberto, e que por vezes as trilhas se encobrem por tramas de muitos ramos. E dizia também que o pouso, quando desejado, não precisava ser discutido. O silêncio, preenchido de presença, bastava. Por isso eu achava que, além de profeta, o pássaro era um sábio.

Muitas vezes desejei conversas que iam além do diálogo com o vento. Mas o pássaro só piava em seu próprio querer, dizendo que era melhor ouvir o silêncio do que um profeta qualquer. Nesses dias, não adiantava insistir. Até o vento parecia acompanhar-lhe a quietude. Ele, sábio e profético, afundava o frágil pescoço, fechava as delicadas pálpebras e ficava imóvel, em petrificada respiração.

Quando restava apenas o silêncio que em mim mesma habitava, eu percebia até os movimentos inaudíveis de minhas raízes a buscar nutrição. Nesse estado, eu acolhia o calor remontado em minhas folhas ou o sutil desenrolar de cada um dos meus galhos. E assim, quando o pássaro levantava novo voo, deixa-me com minha inteireza.

Depois de um tempo, de muitos voos indo e outros tantos voltando, e com silêncios compartilhados cada vez mais estendidos, o pássaro resolveu pousar no solo, acomodado entre minhas raízes.

– O que faz você aí?

– Repouso.

– Não prefere a segurança de um de meus galhos?

– Não é necessária, quando o tempo é de retorno.

E assim profetizou, fechando-se no sábio silêncio costumeiro. O tempo o desfez em solo, retornando-o ao princípio de tudo. E aquela semente, ainda adormecida entre minhas crescidas raízes, pode, por fim, germinar.

22. Marco Zero

Enquanto viajo pelo tempo, me alimento de horizontes. Desejo sempre um diferente, em cada canto da Terra, em cada época distinta. Viajo sempre em segurança para décadas bem anteriores ao Marco Zero da nossa era, evitando os riscos de contaminação em um mundo densamente povoado, tão diferente do nosso atual, que ainda não atingiu o modesto primeiro milhão de pessoas espalhadas por toda Terra.

Com as minhas viagens, descobri que tudo era muito diferente antes do Marco existir. Muita gente, muito lixo, muitos conflitos, muita poluição, muita desordem, muita pressa, muito desamparo, muita desigualdade. Tudo em demasia. Até as doenças eram muitas, comparadas às possibilidades de tratamentos. Por isso, sempre carrego comigo alguns preparados medicinais para o caso de alguma contaminação. Em cada viagem, vivo e pesquiso um recorte diferente de vida, retornando para minha era com um banco de dados cada vez mais rico em informação, conhecimento e histórias. É essa a minha pesquisa de campo, já que muito foi perdido nas situações que se desenrolaram antes do Marco Zero. Preciso recuperar as memórias perdidas dessa época para que me conduzam ao encontro de um ponto de estabilidade – ou aos indícios dele – para que nossa era não repita os mesmos erros de uma curva crescente, desordenada, perigosa e fatal.

Meu mestre nas pesquisas não é um entusiasta das minhas viagens e sempre usa os mais elaborados argumentos para que eu desista delas. Em uma de nossas últimas conferências, ele me fez prometer cortar o ciclo de ir e vir, insistindo que eu me concentrasse na nossa era. Ele me cobra a responsabilidade de compartilhar os resultados de nossas pesquisas de forma comprometida e efetiva e acha que minhas viagens, além de perigosas, estão servindo mais como turismo. Diz que já é hora de aplicar as investigações. Não concordo inteiramente com ele, pois sei que não faço turismo, mesmo assim, aceitei programar a última viagem, alimentar-me do último horizonte do passado e retornar para a segurança previsível da nossa era. Quem sabe, mais tarde, retorne às viagens para complementar alguma lacuna do trabalho.

Como essa seria a minha última ida, me programei para chegar ao início da década anterior ao Marco Zero. Meu mestre não ficou sabendo, já eu que estava violando uma regra básica da nossa segurança: visitar o passado em datas anteriores a, pelo menos, cinco décadas antes do início de tudo. Resolvi assumir o risco, sozinho. Desembarquei em uma cidade pequena para os padrões que já conhecia daquela época. Ela era cercada de montanhas desgastadas e por ela passava um riacho estéril e fétido que me causou repulsa imediata. O arranjo local não era difícil de ser entendido: uma praça central, um templo em uma colina sem árvores. Prédios que deveriam servir a um centro político e administrativo. Nas ruas próximas à praça, encontrei pequenas casas comerciais, onde era possível achar produtos locais e importados de outras regiões ou países distantes. Agradeço ao meu mestre por ter insistido no meu estudo de paleolinguagem.

Havia ainda algumas escolas, uma associação esportiva, alguns bairros residenciais, mas o que me causou espanto foi a quantidade de carros circulando em espaços confinados, que mais serviriam a bicicletas ou ao passeio com as próprias pernas. Não consegui compreender como uma cidade não tão grande poderia ter tantos carros. Meu veículo do tempo não despertou espanto, pois era bem parecido com uma bicicleta com um pequeno bagageiro. Mesmo se algum curioso abrisse a pequena caixa, encontraria algo parecido com uma bateria e, assim, pensaria ser apenas algum equipamento moderno para a época.

Seguindo meu roteiro padrão, procurei a banca de jornal, comprei alguns periódicos e me dirigi à biblioteca, cujo prédio tinha grandes janelas de vidro. Lá, poderia vasculhar publicações e buscar alguma informação que fosse útil à minha pesquisa. Parecia incrível que a maior parte dos bancos de dados anteriores ao Marco Zero tenha se perdido por falta de pessoas capazes de fazer sua manutenção. Passamos de uma era para outra praticamente sem informação confiável.

Como em outras situações vividas nas viagens anteriores, não havia muita gente na biblioteca. Na verdade, além de mim, apenas uma funcionária gentil, já bem avançada na idade. Ansioso por mergulhar nas informações, não percebi as manchas escuras em sua pele nem o olhar lacrimejante. Só depois de algum tempo passei a me incomodar com sua tosse insistente e os sonoros espirros. A princípio, achei que seria apenas uma gripe e, me adiantando, tomei uma das cápsulas que carregava. No entanto, quanto mais mergulhava nas manchetes que anunciavam a ameaça de uma nova epidemia, mais me incomodava com a tosse da funcionária.

Depois de um tempo de leitura e anotações, me dei conta do que realmente se dava. Tirei os olhos dos periódicos e observei pelas janelas as poucas pessoas que passavam a pé: todas com manchas na pele, muita tosse e um aspecto irremediavelmente cansado. Os periódicos davam conta do avanço da doença, quase uma pandemia. O número de infectados aumentava dia-a-dia. O patógeno não havia sido identificado. Não havia possibilidade de um tratamento eficiente em curto prazo.

Processei todas as informações com certo pesar, sabendo que só havia uma alternativa para mim, já que não tinha uma cápsula eficiente para o que me sujeitei. Abandonei os periódicos na biblioteca, fui até minha máquina do tempo, passei a última mensagem para o meu mestre e a desabilitei de forma irreversível. Caminhei até o café mais próximo e me sentei para beber do meu último horizonte à espera do Marco Zero.

Fim